Memorias De Un Extraterrestre

2023
1ª edición

Dedicado
Al
Extraño
Planeta Tierra
y
Al Enigmático
Universo

Foto NASA

En memoria
de los científicos
que han buscado
el camino hacia
las estrellas.

Dr. Carl Edward Sagan

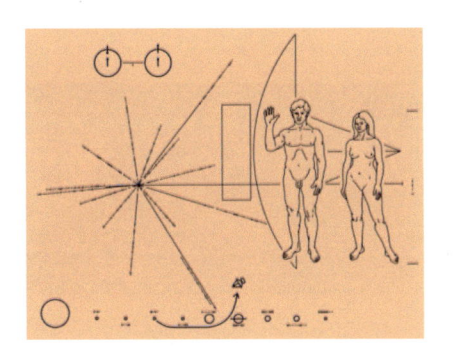

$$E=mc2$$

Dr. Albert Einstein

Índice

Capítulo 1
$\qquad$ El Viaje............................ 12

Capítulo 2
$\qquad$ El Encuentro..................... 54

Capítulo 3
$\qquad$ Las Memorias....................104

Capítulo 4
$\qquad$ El Paseo..........................124

Capítulo 5
$\qquad$ El Regreso........................146

CAPÍTULO 1

EL VIAJE

Capítulo 1

Un constante sudor recorre el rostro de Karl, el jadeo de su respirar y el sonido de sus pisadas, se combinan con lo apacible del entorno en donde se encuentra en esos momentos; un lugar colmado de árboles, sonidos de aves y de una brisa suave y apacible que se traslada llevando el aroma de la tierra húmeda como la frescura del bosque y la naturaleza en todo su esplendor, especialmente en esas zonas de la montaña.

Karl es un hombre joven que se ha convertido en un oficinista de la gran ciudad, lugar de donde suele escapar constantemente para dedicarse a hacer lo que tanto le ha apasionado en el transcurso de su vida, escalar las altas montañas y tener la oportunidad de "acercarse un poco más al cielo", tal y como él les dice a sus compañeros de trabajo en son de motivación, para que lo acompañen a vivir de esas gratas experiencias y que los pueda alejar de la vida sedentaria de la oficina.

Ahora que es un fin de semana más, Karl ha decidido

salir nuevamente del bullicio y la monotonía de la ciudad para encaminarse a subir una montaña más, cumpliendo con esa afición que ha mantenido desde que era muy niño, ya que desde entonces, siempre alzaba su mirada hacia los perfiles montañosos que lograba divisar, y se decia a sí mismo…

-"un día llegaré hasta lo más alto de esas montañas, para disfrutar de correr en sus cimas"-

Ahora que han pasados los años, los deseos de aquel entonces niño, se han ido transformando en una realidad al convertirse en un adulto quien dispone de sus propias actividades y de su tiempo libre, para ir a viajar a escalar alguna montaña del lugar.

El cansancio corporal que produce el pronunciado ascenso de los senderos de la montaña por donde ahora se encuentra Karl, hacen que éste detenga su caminar en algunos momentos para respirar profundo, y para llenar sus pulmones del aire fresco, pleno de oxigeno que brindan las alturas de la montaña en donde corren los vientos con toda libertad; Karl en cada tiempo al detenerse, respira por varias ocasiones, baja un poco la cabeza para descansar la espalda de la pesada carga que lleva en la mochila, y luego poco a poco, alza su mirada hacia lo profundo del imponente y hermoso valle que rodea toda el área que ya puede apreciarse desde la ubicación donde él se encuentra, lo que le hace experimentar un orgullo interior por esas constantes aventuras, que lo hacen disfrutar de la lejanía del mundo, el ruido, y la monotonía que le causa la estancia en la gran ciudad, asi como talvez sea tambien el orgullo de todos aquellos que sienten la misma pasión por las alturas, de los ascensos a las montañas, y el mundo de la naturaleza con aventuras campestres y sus vivencias, por lo que en un momento de inspiración, Karl murmura bajito para sí mismo…

- "qué bellos son estos lugares…"- detenido y observando el grandioso panorama que se presenta ante sus ojos, con el verdor de la intrincada selva de árboles que se pueden apreciar desde la medianía de la montaña.

Luego de tomarse el tiempo para recuperar el aliento, Karl apoya sus piernas en una de las gruesas piedras que se encuentran en la vereda del camino, al momento que con su mano derecha, busca en una de las bolsas de la mochila, el altímetro que siempre lleva consigo en los viajes de aventuras, y que le sirve para constatar la altura que va alcanzando en el ascenso.

Luego de ubicar el altímetro y extraerlo de la mochila, Karl lo alza hacia su rostro para verificar que éste ya marca una altura de tres mil metros sobre el nivel del mar, una altura que ya deja disfrutar de todo el entorno tachonado por las copas de árboles de distintos tamaños, que dibujan entre los más distantes, el serpenteante cause de un rio que se mezcla con las diminutas estructuras de los puentes y los edificios de la gran ciudad.

Luego de terminar de admirar el paisaje, Karl se alista para continuar con su viaje, ya que la tarde comienza a vislumbrarse y con ella, la caída de los rayos del sol que a esas alturas, va a enfriar el ambiente provocando que el viento incremente su fuerza, y pueda golpear el cuerpo de Karl para causandole una baja de temperatura, eso a pesar de que es un fin de semana de verano, en uno de esos días en donde el cielo se mantiene despejado y provoca un calor agobiante en toda la meseta de la región.

Karl se reincorpora para continuar el trayecto hacia la

cima de la montaña, pero en enseguida viene a su memoria el recuerdo de algo extraño que le sucedió en la época de su niñez, especialmente en una noche cuando lo aturdió un sueño, un sueño que jamás ha podido olvidar a pesar del paso de los años; y que ahora viene nuevamente a su memoria, recordó que una noche tuvo ese sueño en donde él se encontraba caminando en medio de un grupo de personas que estaban vestidas de negro y que se movían muy lentamente, acompasadas y sin sonidos ni palabras, un recuerdo extraño que ahora aparece en los momentos en que también él camina lentamente ascendiendo la montaña.

Karl recuerda que en el sueño, no podía ver los rostros de todas las personas que lo rodeaban, y eso sucedía porque todos se cubrían el rostro con unos capuchones también de color negro, también recuerda que él alzaba su vista hacia adelante, y en esa perspectiva de la visión, podía ver a mucha más gente igualmente vestida de negro, y que todas llenaban el estrecho camino que serpenteaba angosto para dirigirse hacia la cumbre de una alta montaña, y que al mirarla desde lo bajo, dejaba ver entre sus orillas, esa línea negra de gente que paso a paso y muy lentamente, ascendía hasta perderse en lo más alto de la cima.

De pronto y en ese momento, Karl se aturde por los recuerdos que vienen a su memoria y detiene su caminar, dándose cuenta que se encuentra recordando partes de un sueño que tuvo hace muchos años atrás, y que ahora logra revivirlo con mucha claridad…

- "debe de ser porque estoy oxigenando bien mi cerebro"…- se dice Karl como queriendo darse una explicación por esos recuerdos, que si bien no son oportunos para que vengan a su memoria en esos momentos, también él podría asociarlo a la situación de estar en una montaña.

Karl continuó su ascenso dando traspiés por lo inclinado del terreno, haciendo su caminar con paso lento debido al cansancio y a la altura que ya logra alcanzar en la montaña, por ello su cuerpo que se torna cada vez más pesado y cansado, esto y en parte por la carga de la mochila en donde lleva todo lo necesario para poder resguardarse del inclemente ambiente que le espera al alcanzar la cima de esa montaña.

Por los inoportunos recuerdos del extraño sueño que

Karl tuvo ya hace mucho tiempo, él aún puede sentirse abrumado por ello, por lo que vuelve a detenerse de manera abrupta, porque ahora también viene a su memoria el final que tuvo el sueño de ese entonces, el cual lo hizo despertarse e incorporarse de su cama muy asustado y sudoroso, ya que recordó que al final del sueño, escuchó una voz muy suave que le susurraba al oído:

-"El camino es largo…es muy difícil…pero llegarás…"-

Es en este momento en que Karl recordó el sueño completo, y también lo asustado que se encontró al despertarse sobresaltado, al escuchar con mucha claridad esa extraña voz, por lo que ahora siente molestia que ese sueño haya vuelto a su memoria, sin comprender todavía su significado.

Karl sacude un poco la cabeza, como queriendo despejarse de los recuerdos que vinieron a su mente y nuevamente retoma su paso para seguir ascendiendo por las ya muy empinadas veredas, aunque todavía inquieto, se pregunta a sí mismo, si aquel sueño pudo influir tanto en su vida, que lo convirtió en el asiduo montañista que es ahora, y lo que siempre sintió en su interior de su cuerpo al ver las siluetas de montañas, y que inmediatamente tenía el deseo de correr a subirlas, sin saber exactamente por qué.

Tratando de razonar y de olvidar el recuerdo del sueño, Karl respira profundo llenando sus pulmones del aire fresco de la montaña, para despejarse y continuar con su actividad de ascenso, pensando en el tiempo tan limitado que tiene para vivir otra aventura en esa montaña de tres mil ochocientos metros de altura, en donde desea volver a ver la belleza de un atardecer y lo esperanzador de un amanecer, desde un bien organizado campamento, que espera levantar al llegar a la cima.

En un instante más, Karl alza su brazo derecho para observar el reloj que lleva en su muñeca, y comprueba que aún le faltan un par de horas más para alcanzar lo alto de la montaña para ver los paisajes que tanto ha disfrutado en otras oportunidades en su constante caminar por las montañas, por lo que llena sus pensamientos de lo que debe hacer al llegar, mientras toma una pequeña botella de agua de su cinto y bebe unos sorbos para refrescarse y calmar su sed.

La tarde está empezando a caer, y también la luz del sol

empieza a ponerse tenue, por lo que la briza del viento empieza a enfriar el ambiente, haciendo que la ropa de Karl también cambie de temperatura, porque ésta se encuentra mojada por el sudor del esfuerzo físico que él realiza al subir las veredas montañosas que a cada momento, se van tornando más empinadas.

Entrando en la parte final del ascenso, Karl divisa un grupo de escaladores que ya regresan de su aventura en la montaña, quienes al ir acercándose a él, emiten fuertes sonidos por sus pisadas en el suelo, así que Karl, detiene su andar para poder observar el paso de esos montañistas que ya vuelven veloces debido a la inclinación del terreno en su descenso.

Al llegar el primer montañista en el lugar donde se encuentra Karl, éste detiene abruptamente su paso levantando una pequeña cortina de polvo con sus botas por al movimiento intempestivo de detenerse en el camino.

El montañista queda casi al frente de Karl, y con una sonrisa de colegas le dice…

- "¡ Hola ¡…¿cómo vas…?- …ya te falta poco para que alcances la cima…"-

- "¡eso espero ¡..."- responde Karl todavía jadeante por el esfuerzo del ascenso, al tiempo que extiende su mano para saludar a aquel cansado montañista.

- "¿ya de regreso?..."- le dice Karl

- "sí..."- responde, el montañista y agrega:

- "...hemos recibido noticias que se avecina una fuerte tormenta para la madrugada de mañana, y como traemos algunos jóvenes inexpertos, preferimos regresar para protegerlos..."-.

El montañista mira fijamente a Karl como queriendo transmitirle su preocupación por la información de la tormenta, con el ánimo de que también Karl pueda desistir de continuar su ascenso y que decida volver con ellos para evitar los embates de esa anunciada tormenta, sin embargo pareciendo adivinar el pensamiento de aquel montañista, Karl le dice:

- "...voy a tratar de levantar lo mejor posible mi refugio y espero estar protegido para enfrentar esa tormenta..."-

y esbozando una sonrisa, agrega:

-"...ya estoy aquí de todas formas..."-

El montañista le responde a Karl con otra sonrisa como queriendo comprender el espíritu aventurero que los une, y que es el mismo en la mayoría de los que tienen esta afición como parte de sus personalidades.

Al advertir que ya ambos han concluido su intercambio de información, el montañista levanta sus manos para recomponerse la gorra que lleva en la cabeza y nuevamente extiende su mano para estrechar la de Karl para despedirse diciendole:

- "mucha suerte amigo, y también mucho cuidado..."-

y Karl le responde:

- "gracias, también mucha suerte al bajar..."-

Los miembros de aquel grupo de montañistas pasan saludando a Karl al pasar cerca para continuar con su descenso, algunos muy felices por la aventura vivida y otros con el cansancio reflejado en el rostro como queriendo culminar lo más pronto posible con aquella desgastante travesía por la montaña.

Cuando ya había pasado la emoción del contacto con aquellas personas, Karl no deja de sentirse melancólico, pensando que ya no encontrará más compania para compartir en aquella cima, pero como siempre, el instinto de aventura también lo obliga a continuar con su camino, aunque en el fondo de su ser, también se interpone el pensamiento de: "ser prudente, ante el aviso de una tormenta y procurar descender con los montañistas…".

Este pensamiento de claudicar en su viaje llenó de molestia a Karl, por lo que antes de continuar con su camino, desenganchó el arnés de la mochila y la lanzó de un solo golpe al suelo, al tiempo que respira profundo para cuestionarse con severidad si lo mejor para él sería regresar debido a los riesgos de esa tormenta, o si mejor quedarse para enfrentarla, total, no es la primera vez que se encuentra en esa situación.

Una tercera alternativa salta a la mente de Karl, y es la posibilidad de que otros montañistas todavía estén en la cima y que al llegar, podría compartir con ellos para ayudarse mutuamente, si ese fuera el caso.

Entonces una respuesta segura y decisiva llenó todas las dudas de Karl, tomando la decisión de quedarse para continuar con su viaje para disfrutar de otra aventura.

Karl alzó nuevamente la pesada mochila hacia su espalda, la acomodó lo mejor posible en su cuerpo, y con paso lento inició su caminar hacia la parte final del ascenso, ya situado sobre la cima de la montaña.

Con el conocimiento de que se acerca una tormenta, Karl solo piensa en llegar lo más pronto posible para buscar el refugio y levantar la carpa en un lugar que pueda darle la mayor seguridad, ante una posible acumulación de agua o de los fuertes vientos que suelen acompañar a las tormentas en las alturas de una montaña.

La experiencia de Karl como montañista, ya le ha dado el suficiente conocimiento para prepararse y afrontar las vicisitudes de acampar en exteriores, así como también en lugares con climas extremos y con bajas temperaturas, por lo que sus aventuras siempre se constituyen como un reto de supervivencia que termina disfrutando.

Al cabo de unos minutos más de caminata, Karl llega a la planicie de la cima, cansado y con la respiración acelerada, detiene su andar en una pequeña protuberancia de tierra de donde emergen unos pequeños arbustos, que poco a poco, empiezan a mecerse por las ráfagas de viento que también al pasar entre las ropas húmedas de Karl, le hacen estremecer su cuerpo porque ya empieza a enfriarse por la falta de actividad y porque el ambiente se está enfriando.

Karl sostiene la mochila con el apoyo de sus brazos, posicionandose fuertemente sobre sus piernas en el terreno plano de la cima de la montaña, tomando a bocanadas el aire, en espera de que su respiración se normalice, por ese último esfuerzo realizado en los metros finales del ascenso.

Karl baja la cabeza apoyando los brazos sobre sus rodillas para recuperar poco a poco la energía, levanta nuevamente la cabeza, para dar un rápido vistazo al área en donde se encuentra, y trata de localizar el lugar en donde empezar a levantar su carpa, ya que el tiempo apremia y la tarde ha empezado a adornar el cielo con múltiples colores, anunciando una pronta caída de la noche.

Desde la posición en la que se encuentra Karl, no puede observar con claridad el lugar ideal debido a que algunas protuberancias de rocas, le impiden tener un panorama preciso del terreno, por lo que decide encaminarse un poco más hacia adelante para así tener una mejor perspectiva del lugar y decidir en dónde empezar a instalar la carpa para después cambiarse rápidamente la ropa húmeda, por otra que se encuentre seca y fresca, descansar un poco, y luego salir a buscar a otros montañistas para compartir esa noche.

La montaña en la que ahora se encuentra Karl, fue un volcán activo hace cientos de años atrás, por lo que su cima es escarpada y llena de rocas de magma, las que con el paso de los años se fueron solidificando y acumulando mucha arena en todo su entorno, formando algunos montículos de donde emergen pequeñas plantas y sacatillos, que ya en la semi penumbra de la tarde, se balancean con el paso del viento.

Karl, se apresura a buscar en dónde instalar su refugio y revisa cerca de unas salientes de rocas que se encuentran ubicadas entre una de las grandes formaciones de magma, para que así lo proteja de los vientos y de una posible tormenta que le anunciaron anteriormente los montanistas, su experiencia de aventurero, también le dice que tiene que asegurarse de no estar muy cerca ni pegado a las rocas salientes, ya que si llueve intensamente en esa noche, el agua podría generar caídas en formas de chorro, y esto anegaría inmediatamente su refugio volviendolo muy frágil por el golpe de esas cantidades de esa agua que podrían caer sobre las telas de la carpa y hacerla caer, al mismo tiempo Karl piensa también en las corrientes de viento que se podrían generar y que harían peligrosa su estancia en aquel lugar sabiendo que mojarse en plena noche y con tan bajas temperaturas, eso podrían poner en riesgo su vida por efectos de una hipotermia.

Luego de maquinar y de tener toda su estrategia mentalmente establecida, Karl divisa a la distancia otra saliente de rocas perfectamente colocadas a manera de cueva, ya que sus lados laterales se encuentran sellados y su interior es muy plano y lo suficientemente seguro como para instalar su carpa.

Con movimientos lentos debido al cansancio, Karl desabrocha el arnés de la pesada mochila y la deja caer al suelo, produciendo ésta un chasquido seco al contacto con los cúmulos de arenisca que hay en el lugar y se apresta a ingresar al interior de ese lugar que ha escogido para establecer el refugio para descansar, ya que el tiempo apremia por la llegada de la noche y necesita empezar a preparar algunos alimentos, asi que presuroso comienza a desenredar los cintos que sostienen el equipo y también la carpa que trae sujeta a la mochila, corre los zípers de ella y saca un poco de ropa seca para empezar a cambiarse de la que se encuentra mojada por sudor de su cuerpo.

Karl hace los movimientos de manera rápida porque debe cuidar su temperatura corporal, ya que al no estar en movimiento, inmediatamente empieza a enfriarse.

Al cabo de unos veinte minutos más, Karl acondiciona la carpa, organiza el equipo y se prepara a encender una pequeña estufa de gas que le servirá para calentar una pequeña jarilla de agua para preparar una tasa de chocolate caliente, el que acompañará con unos sándwiches que había preparado para disfrutarlos en ese momento de llegada, alimentos que le brindarán las energías suficientes, para antes de salir a buscar a algún grupo de montañistas que puedan estar todavía en la montaña, aunque para esos momentos, el viento ya ha comenzado a incrementar su fuerza, haciendo mecer las paredes de la carpa con un extraño silbido que va variando, acorde a la velocidad con que pasa por encima de la tela.

Luego de haber bebido el chocolate caliente y los alimentos preparados, Karl empieza a limpiar y a organizar el equipo que usará más tarde en su salida para caminar por la cima de la montaña, pero antes decide descansar un poco, y apaga la luz de la lampara portátil que ya tenía encendida, se acomoda en la cama portátil en donde ya había colocado su bolsa de dormir, y se recuesta acomodándose lo mejor posible, mientras que afuera, el viento continúa golpeando las telas de la carpa, generando otros sonidos estruendosos cuando también el viento golpéa las paredes rocosas en donde se encuentra el refugio.

En la obscuridad de la carpa, Karl se acomoda y cierra los ojos porque finalmente, el cansancio lo vence.

El manto de la noche ya oscurece todo el entorno de la montaña, mientras que Karl se ha quedado dormido por alrededor de dos horas, vencido por el cansancio causado por el esfuerzo de su travesía hacia la cumbre de la montaña.

Pasadas las horas, repentinamente Karl se despierta debido a un extraño silencio que le resulta inusual en esos momentos y a esas horas que ya han pasado, y percibe que no ser el ambiente, ni la situación de tormenta que él esperaba sentir, por lo que se extraña no escuchar el fuerte viento, ni los torrentes de agua en los alrededores de su carpa, por lo que presuroso busca a tientas y en medio de las tinieblas, la lámpara para iluminar el interior, y empezar a buscar la ropa especial de intemperie que le servirá para protegerse del frio y de la lluvia que lo pueda sorprender afuera del refugio.

Luego de vestirse adecuadamente, Karl se prepara para salir afuera de la carpa en busca de algunos otros montañistas que pudieran estar en el lugar ahora que se siente repuesto de ese agobiante cansancio con el que llegó apenas unas horas atras.

Las fuertes cintas de sus botas son lo último que Karl se ajusta para disponerse a salir de la carpa, luego levanta sus manos para asir el zíper que cierra las puertas de la carpa, que haciendo un ronco zumbido metálico, se abre en dos partes.

Al salir de la carpa e incorporarse, Karl ilumina su alrededor con la intensa luz que genera la lámpara que ha llevado para cumplir con ese cometido de darle la mayor claridad de visión en los ambientes tan oscuros que suelen presentarse en lo alto de una montaña, ya que ahí no hay ninguna fuente de luz.

Haciendo movimientos de izquierda a derecha con la lámpara que Karl lleva en su mano, divisa en las cercanías, un lugar que presenta muestras de haber tenido visitantes anteriores, por lo que Karl fija la luz en ese lugar…

- "no soy el único que ha estado aquí…"

Se dice en voz alta, al momento que se inclina para levantar los pequeños restos de leña quemada y observar algunos recuerdos tallados en las piedras, confirmando que ese lugar fue seleccionado por otros montañistas para pasar la noche.

Satisfecho por haberse quedado en el lugar perfecto para instalar el refugio, Karl ingresa nuevamente a la carpa, extrae su mochila y se acomoda a la par de ella para sacar una botella de agua para hidratarse, y algunos alimentos que le servirán para preparar la cena minutos más tarde.

Un pequeño suspiro de alivio alienta a Karl cuando el agua refresca su garganta y alivia su sed, en momentos de inspiración que da su estancia en ese lugar, que no deja de ser hermoso por su quietud y su silencio, así como la suave brisa del aire que llena todo el ambiente con su profunda frescura, que lo hace meditar con alegría por su desición de haberse quedado ese día en la montaña, pensando que fue lo mejor para él.

Karl estiró sus brazos para relajarse, y movió la cabeza de un lado a otro tratando de que sus músculos del cuello, se relajen y no esten tan tensos por el esfuerzo de haber cargado la mochila con tanto peso.

Karl dio unos pasos y regresó al lugar en donde había visto restos de un campamento de algunos visitantes anteriores y empezó a tomar algunos restos de leña dejados en lugar para usarlos en el lugar donde hará su fogata para cocinar la cena de esa noche, por lo que también instala unas horquetas de metal para colgar la jarra de agua para hacer más chocolate, luego de regresar de una caminata por los alrededores, para tratar de encontrar a algún otro grupo de montañistas.

Karl observa su reloj y ve que éste ya marca las nueve treinta de la noche, mientras los suaves vientos continúan enfriando el ambiente de la noche que con el paso de las horas baja más la temperatura, pero con esa situación, él se siente seguro porque lleva puesta su vestimenta de alta montaña, y ya se prepara para hacer una ronda por el lugar, esperando encontrar otra compañía con quien compartir sus aventuras

Karl vuelve a poner la mochila dentro de la carpa y saca otra parte del equipo, que se asegura en la cintura, es el cinto de supervivencia que siempre lo acompaña cuando sale a la montaña para realizar sus travesías, en el cinto lleva una pequeña botella con agua, una caja de primeros auxilios, una caja con cerillos, la brújula, una navaja multifuncional, sus binoculares, una potente lámpara de baterías y su infaltable cuchillo de cazador.

Karl cierra la entrada de su carpa con el grueso zipper que tiene, el cual lo sella haciendo ese ronco sonido metálico por lo fuerte de su estructura y mantiene cerradas las partes de tela que forman las puertas de ingreso a la carpa, luego amarra las correas de la sobre tela que sirve de protección contra la lluvia y que también impermeabiliza toda la carpa.

La luz de la linterna de Karl ilumina gran parte de los alrededores del lugar, ahora que ya es profunda la oscuridad de la noche y aunque la altura de la montaña en la que se encuentra es muy elevada, esa noche no hay cielo despejado y la luna no se deja ver.

Karl alza su brazo para ver el reloj, y éste ya marca las once de la noche, así que presuroso termina de ajustarse el cinto de supervivencia en su cintura, y luego dirige su vista hacia los alrededores para tratar de ubicar algún indicio de luces de refugios cercanos e ir a visitarlos, sin embargo, no logra visualizar nada, así que se encamina para realizar una ronda de búsqueda.

Chasqueando las botas en el suelo saturado de arenisca, Karl va iluminando el camino con su linterna, moviéndola cada cierto tiempo de un lado a otro, tratando de localizar las coloridas luces de carpas entre la montaña y a la vez, calculando que la ronda le tomará unos cuarenta y cinco minutos, por lo que Karl se asegura de reconocer el camino que recorre para no perder su rastro y la ruta para volver a su carpa, si el caso es que no logra encontrar a más montañistas.

En su lento caminar, Karl empieza a encontrar vestigios que indican el lugar donde fueron instaladas varias carpas, así como trozos de madera quemados y aún humeantes, pero nada más, se inclina en el suelo a verificar aquellos restos y se imagina que podrían ser del grupo de escaladores que encontró en su ascenso final a la montaña, y en la misma posición inclinada, vuelve a iluminar los alrededores girando su lámpara de izquierda a deerecha, pero no logra encontrar señales de otros montañistas, por lo que vuelve a pensar que además de esos restos de las fogatas, tal vez sea posible que ya no encuentre a nadie más.

Conforme y un tanto desconsolado, Karl piensa en la posibilidad de encontrarse solo en aquella montaña, sin embargo eso para él no es nada nuevo, ya que en sus múltiples viajes a las montañas también ha pasado algunas noches en soledad, por lo que se incorpora para comenzar su lento caminar de regreso al refugio.

En su camino de regreso y por momentos, Karl se detiene para apreciar lo oscuro de aquella parte de la cadena montañosa, que como siempre refleja un paisaje fantasmal que siempre exalta de belleza natural, toda sincronizado con el viento, el frio de esa noche, y un cielo copado de nubes que por momento se entrelazan con la montaña, dejando en el ambiente un aroma especial de tierra húmeda, a pesar de lo arenoso del lugar.

Pensando que ya podría encontrarse un tanto alejado de su refugio por su búsqueda infructuosa, Karl lanza un profundo suspiro y nuevamente alza su brazo para comprobar la hora en su reloj que ahora ya marca, las doce de la noche con treinta minutos, lo cual hace reaccionar a Karl debido a que se ha sobrepasado en el tiempo que había previsto para realizar su caminata de búsqueda, así que retrocede unos pasos y se dispone a volver por el camino que ya anteriormente había transitado.

La vida de un escalador de volcanes y de montañas como lo hace Karl, les da la suficiente entereza para poder estar solos en una alta montaña para disfrutar de ese tipo de aventuras y que se entremezclan con los sonidos únicos que se perciben en esos lugares apacibles y con el recogimiento de los estados naturales de las montañas, sin embargo, esa noche parece ser más especial, ya que por ahora, él no logró encontrar a ninguna persona o grupo acampado, por lo que el ambiente parece estar más lúgubre que de costumbre.

Las sombras se van entremezclando con el movimiento de los pasos del caminar de Karl, así como los destellos de la luz brillante de la linterna que lleva en su mano, mientras que por momentos, las nubes en el cielo parecen abrirse para dejar entrever algunas estrellas titilantes, que con sus diferentes brillos y colores, aparecen y desaparecen cuando estas nubes dejan un espacio entre ellas.

Karl estruja la mano que lleva libre, haciendo sonar el guante de grueso cuero como una señal de inconformidad por no haber encontrado a más aventureros, por lo que detiene su caminar y gira su cuerpo para dar un último vistazo al horizonte, para antes de volver a caminar hacia su refugio.

En su caminar y ya de regreso al refugio, Karl continúa asombrado porque no hay indicios de la fuerte tormenta que le habían anunciado los montañistas, pero también piensa que aún le falta pasar parte de la noche y amanecer en aquel hermoso lugar.

A su llegada a su refugio, Karl percibe que el viento ha

comenzado a soplar con mayor intensidad y así mismo que la temperatura en el ambiente también ha empezado a descender drásticamente, pero ahora se siente tranquilo y seguro por estar en su refugio y con todo su equipo disponible.

Karl ingresa a la carpa y empieza a preparar la cena, y debido a su molestia de no encontrar a otros aventureros, ya no enciende el fuego exterior y decide alimentarse en el interior de la carpa, con la comida preparada que tiene en su mochila, dejando a un lado la idea de salir a hacer la fogata, así que prepara otro poco de chocolate con su estufa portátil, la cual también cumple con la función de calentar el interior de la carpa.

Luego de haberse alimentado y de haber terminado con el chocolate calienta, Karl se dispone a preparar su bolsa de dormir, para descansar hasta que esté cercano el amanecer, pero aún inquieto por el clima, extrae de la mochila un pequeño radio con el proposito de escuchar alguna información de tormentas en el lugar, y estar atento de lo que pueda suceder, quizá ese radio no lo hubiera utilizado si con suerte hubiera encontrado más montañistas en los alrededores, por lo que con la inquietud de escuchar noticias referente al clima, Karl busca en la sintonía del radio, alguna información importante, pero no logra escuchar nada referente al clima, ni de la anunciada tormenta, lo cual le causa aún más extrañeza, así que después de unos minutos, decide volver a descansar para levantarse temprano para ver el amanecer.

La actividad de prepararse para descansar, aleja a Karl de otros pensamientos que pudieran resultarle exaltados en esos momentos, así como el calor que emana del interior de la carpa y la seguridad del refugio, que complacen su estancia para culminar la caminata de esa noche fría.

Luego de los preparativos dentro de la carpa, Karl saca de la mochila un pequeño libro que llevó para leer en casos especiales como el que vive en esa jornada, aquel pequeño libro que ya tenía comenzado y que con un separador colocado entre las páginas, le da la evidencia de la última página leída.

Embebido en su lectura y de momento en momento, Karl continúa dándole seguimiento al comportamiento del viento, porque a cada diez a quince minutos, su velocidad parece incrementarse meciendo su refugio y creando ese extraño silbido que por momentos hace tronar las esquinas de tela de la carpa.

Para las dos de la madrugada, el frio se ha hecho más intenso, sin embargo Karl mantiene encendida la lámpara de gas que le sirve para iluminar el lugar, y también para proporcionarle ese calor agradable en el interior, pero pensando en el frio del exterior, Karl busca dentro de su mochila el termómetro para empezar a verificar la temperatura, así que luego de ubicarlo, lo coloca afuera de la carpa por unos momentos para hacer la medición y observa que ésta, ya ronda los menos dos grados centígrados, luego ve su reloj para comprobar que ya son las tres de la madrugada, por lo que piensa en el ambiente frio que está por venir en las horas siguientes, así que desempaca su ropa más gruesa, los calcetines y los guantes, que junto con su bolsa de dormir, le van a brindar el calor necesario para pasar esas bajas temperaturas.

Afuera de la carpa, el viento continúa incrementando su velocidad y el sonido que anteriormente variaba en su intensidad, ahora es un sonido constante que hace crujir por momentos la carpa que también se tambalea al pasar de las ráfagas de viento, y que se encuentra defendida por las fuertes rocas de aquel lugar escogido por Karl, para que le proporcionara la suficiente protección.

Ante el distractor del fuerte sonido del viento Karl aleja la lectura del libro que ya tenía en sus manos y continúa verificando la temperatura con el termómetro, el cual ahora marca menos cinco grados centígrados lo cual ya le impide poder salir a caminar nuevamente, por lo que decide disponerse a dormir para relajarse y esperar hasta las cinco o seis de la madrugada para salir a hacer otra ronda por lo que apaga la lámpara y se acurruca en su grueso saco de dormir para descansar un poco más.

El cansancio del ascenso y la seguridad que le brinda su refugio, tranquiliza a Karl lo suficiente como para no sentir angustia por la anunciada tormenta que ya podría estarse vislumbrando por el incremento de la fuerza del viento, aunque en el pequeño radio que mantiene encendido, no informan nada sobre tormentas en la región, lo que también le llama mucho la atención, mientras escucha que el viento continúa soplando con fuerza, meciendo la carpa y haciendo rebotar la tela en un constante tronar.

Quizá el cerrar los ojos para dormir, haya sido por poco tiempo para Karl, porque repentinamente, dos fuertes estallidos y una centellante luz, hacen retumbar su refugio despertándolo de súbito de su apacible sueño, mientras que afuera, el viento ya no se escucha, provocando que se perciba un ambiente de extraña calma, y no lo que se esperaba por los efectos de una tormenta.

Presuroso Karl retira una parte del cierre de su bolsa de dormir, y se saca los guantes para buscar el reloj…

- "las cuatro treinta de la madrugada"-

se dice en voz alta y todavía un poco adormitado…

Apenas habría dormido una hora y minutos, pero afuera ahora todo parece estar más tranquilo.

Karl se acerca a la puerta de la carpa, y abre un poco el cierre para dar un vistazo hacia afuera, y ve que el cielo se encuentra totalmente despejado, y las nubes que lo cubrían, han desaparecido totalmente para descubrir con todo su esplendor, las inmensas cantidades de estrellas que brillan como nunca, unas con más intensidad que otras.

Ahora todo el escenario le representa a Karl, la noche ideal que deseaba ver cuando subía hacia la montaña, ya no hay viento y la temperatura ahora es fresca y perfecta para salir a caminar por los alrededores, así que presuroso busca el termómetro y regresa su cuerpo hacia atrás para extender la mano y buscarlo de entre la cosas que lleva en la mochila, pero al dificultarse su búsqueda, enciende la linterna para poder encontrarlo.

Luego de ubicar el termometro, Karl verifica asombrado que a esa hora de la madrugada, la temperatura es de doce grados centígrados, algo inusual a esas alturas de la montaña, y sin embargo muy alentador para Karl que no tendrá que sufrir por las bajas temperaturas que ya ha tenido que sufrir en otras expediciones.

Ya sin sueño y deseoso de ir afuera para contemplar las estrellas, Karl se apresura a ponerse nuevamente la ropa de intemperie, se ajusta las botas, y se prepara para salir de la carpa previo a colocarse nuevamente, el cinturón de supervivencia.

Al salir de la carpa, Karl realmente se asombra de la belleza de la noche, las luces de las ciudades lejanas se pueden divisar ahora con mucha claridad...

- "se equivocaron...no hay tal tormenta"-

se dice Karl así mismo.

La luna que a medio llenar, ahora brilla intensamente, dejando iluminar en media penumbra las rocas de la montaña para darle a las sombras unas figuras extrañas como si fuera de otro planeta, debido a los claroscuros que se entremezclan con el suelo arenoso del lugar.

Karl camina fascinado de una posición a otra, buscando un lugar donde poder ubicarse para observar con sus binoculares, y ahora con mayor tranquilidad debido a que no hay viento y la temperatura no es tan fría a esa hora de la madrugada.

En su caminar, Karl rodea un grupo de rocas para poder treparlas y lograr sentarse en lo más alto para estar más cómodo para observar las estrellas y el maravilloso paisaje de su alrededor.

Al paso de unos minutos y ubicado en las rocas, Karl mueve sus binoculares de un lado hacia otro, disfrutándo de aquellos paisajes nocturnos en donde el mayor atractivo es el cielo despejado de nubes que ahora con sus cúmulos de estrellas y por la altura de la montaña, pareciera que se pueden tocar con la mano, dejandose ver por momentos, una estela brillante y fugaz de un raudo meteorito que ingresa a la tierra para quemarse en la atmosfera.

Y así, gozando del ambiente de la madrugada, Karl no tiene preocupación de la anunciada tormenta, por lo que se encuentra totalmente absorto por la belleza que lo rodea, una belleza de la que se encuentra acostumbrado a ver en sus constantes viajes a las montañas, y que no se cansa de disfrutarla en cada aventura.

Distraído y concentrado viendo a la distancia con sus binoculares, repentinamente Karl visualiza de reojo que de una parte de la ladera, y un tanto distante de donde él se encuentra, se pueden distinguir unos pequeños destellos de luz que por momentos, son de color blanco y en otros cambian a color rojizo...

- "¡no estoy solo!"-

Se dice Karl casi a manera de grito por la emoción de saber que podría haber encontrado a otros montañistas en ese lugar, por lo que direcciona sus binoculares hacia donde cree distinguir los destellos de luz, moviendolos de un lado a otro, para tratar de ubicar a alguna persona…

"tendré que caminar hacia allá…"-

Se dice para sí nuevamente, al momento que de su cinto de supervivencia saca la linterna para empezar a iluminar desde lo alto, el camino que deberá de seguir hacia donde resplandecen aquellas luces.

El descenso del lugar en donde se encuentra Karl, es un poco complicado debido a lo flojo de la arena y lo peligroso de las piedras que son grandes y con algunos filos en sus contornos, por lo que de no tener el cuidado suficiente, podrían hacerlo perder el paso, resbalar y ocasionar un pequeño alud que le lastimaría las piernas, por lo que comienza a bajar caminado muy despacio, y deteniéndose a cada paso para dirigirse hacia el lugar de donde vio el resplandor de las luces.

El tipo de piedras volcánicas que se encuentran en esa montaña, son la evidencia de que allí hubo una fuerte actividad de erupciones, es por ello que las rocas tienen en sus orillas, cantidades de puntas cortantes, producto de su gran calentamiento dentro del magma y la lava hirviente, que las hizo bullir hasta derretirlas para posteriormente y al enfriarse, ensancharse y formar puntas muy filosas que pueden cortar de tajo la piel con mucha facilidad, es por ello que Karl camina muy despacio y con el cuidado de no tropezar con esas piedras.

Con la emoción de encontrarse con algún grupo de montañistas para poder conversar, Karl baja hacia donde ya se pueden ver los rayos de luz, llega hasta una zona donde crecen unas raras plantas en forma de bejuquillos, lugar donde con dificultad, se abre camino hasta aproximarse al lugar.

Las luces se hacen cada vez más intensas a medida que Karl se encamina hacia los destellos de luz, y poco a poco y al ir acercándose, el brillo es tal, que éste ilumina perfectamente el camino que debe seguir Karl, por lo que apaga su linterna y se deja guiar por la luminosidad que emiten las luces que emanando con mucha claridad, dibujan la ruta a seguir.

Al alcanzar las últimas ramas de unos arbustos que se interponen en el camino, Karl, éste salta hacia una planada que es el lugar de donde salen los rayos de luz, y pronto queda de frente a ellas imaginando los colores de las carpas y los refugios de los montañistas que con la tradicional fogata, se encuentran en franca conversación.

Luego de acercarse y en un instante Karl se queda detenido ante lo que no es lo esperaba ver, encontrándose ahora al frente de un pequeño aparato de color plateado obscuro, del cual es de donde salen las fuertes luces de colores que observó en la lejanía, por lo que se queda totalmente detenido, tratando de aclarar su visión y sus pensamientos, a la vez que busca ver con más claridad, entre la fuerte brillantez de las luces que lo impiden, por lo que nuevamente se encamina muy lentamente, para acercarse unos pasos más, logrando asi distinguir en el fondo del área, la silueta de una persona que ya empieza a girar para verlo a él también.

Karl se encuentra totalmente al descubierto en un terreno llano, libre de vegetación, de pié y al lado de aquel extraño aparato, casi al frente de una persona que también ya lo ha detectado y comienza a hacer un movimiento para dirigirse hacia donde él se encuentra.

Karl gira su cabeza hacia los lados como queriendo saber

si hay más personas a su alrededor, sin embargo, detrás de él solo se encuentran los arbustos que se mueven con suavidad al pasar el viento, y un poco más alejados, unos montículos de piedras estáticas que lanzan un brillo opaco al ser iluminadas por las resplandecientes luces que emite el extraño aparato que se encuentra estacionado en el lugar, y nada más, por lo que Karl empieza a comprender que algo inusual está ocurriendo delante de él, e inmediatamente viene a su memoria lo que ya ha oído hablar en varias oportunidades, pero que también siempre ha negado con severidad, los temas de "naves y de seres de otros mundos", sin embargo y para el momento en el que se encuentra, su pensamiento y sus criterios le dicen que aquello es más que una posibilidad, y que podría estar a punto de enfrentarlo como una terrible experiencia.

En fracciones de segundo, Karl comprende que ya es demasiado tarde para tomar precauciones, debido a que aquella persona que se encuentra cerca de la nave, ya lo ha visto y se incorpora para encaminarse hacia donde él se encuentra, por lo que Karl impávido y sin saber qué hacer, tiene como única reacción, el no moverse hacia ningún lado para quedar a la espera del encuentro con aquella persona que de manera lenta, se dirige hacia él.

Los movimientos que hace el ser que se encuentra al lado del extraño aparato, son suaves y tranquilos y ahora se dirije hacia donde se encuentra Karl, quien ubicado a unos diez metros de distancia, solo lo ve aproximarse.

Karl siente en ese momento que le corre un cosquilleo que le estremece todo el cuerpo, y por su mente comienzan a pasar las noticias de los medios de comunicación que informan constantemente de los objetos voladores no identificados, así como de extraterrestres que secuestran y desmiembran a los seres humanos, sin embargo y ya para ese instante, Karl cree no tener escapatoria por lo que resignado se lamenta de estar en el lugar y en el momento equivocado, pero igualmente tampoco piensa en correr, el impacto psicológico que siente en su interior es tan grande que no lo puede hacer.

Los segundos que pasan desde el momento en que ambos se descubrieron visualmente, le parecen horas a Karl, aquella silueta ya se mueve hacia él, y no puede determinar ni su forma ni su rostro debido a lo fuerte de las luces del aparato que se encuentran iluminando todo el entorno, por lo que en un instante, a Karl le sobreviene el instinto de conservación en defensa de su vida, por lo que recuerda con claridad la imagen de su cuchillo de cazador, pensando que esa puede ser su arma para defenderse, sin embargo, no realiza ningún movimiento con la intención de tomarlo, solo espera aquellos eternos tres ó cuatro segundos que tarda el extraño ser en acercarse al impávido Karl, que lo ve caminar lentamente para ubicarse a un metro de distancia y al frente de él.

Karl es un hombre de complexión atlética a quien siempre le gustó hacer mucho deporte competitivo, su metro ochenta y cinco de estatura le mereció estar dentro de los grupos deportivos más exitosos de la escuela y de la universidad, por eso siempre se distinguió como una persona singular, quizá una de esas personas que no pueden pasar desapercibidas en ningún lugar, sin embargo y ahora en esos momentos al estar al frente de aquella extraña persona, Karl siente una sensación de impotencia, y de debilidad, aunado todo por esa misteriosa situación.

Ya parados frente a frente, Karl calcula que el extraño

ser que se encuentra a un metro de distancia de él, podrá tener entre dos metros veinte a dos metros treinta centímetros de estatura, una altura que lo supera notablemente, si el caso es que tenga que luchar contra él.

Repentinamente las resplandecientes luces del aparato que se encuentra estacionado en el lugar, empiezan a opacarse un poco, dejando en el ambiente una luz tenue y clara que se mezcla con la luz que proyecta la luna y el resplandor de la claridad del cielo.

Ahora Karl puede ver con detalle a aquella persona que está al frente de él y en un silencio sepulcral donde no se oye más sonido que el viento al rozar los pequeños pastos que sobresalen del suelo, que por momentos llena de terror ese tranquilo ambiente natural.

CAPÍTULO 2

EL ENCUENTRO

Capítulo 2

Comprendiendo la situación de asombro que invade a Karl en esos momentos, el extraño ser levanta su brazo derecho al tiempo que extiende su mano, y le habla a Karl, con voz clara y tranquila…

- "no tienes por qué preocuparte, no vengo a causarte daño"-

y continúa diciendo…

- "mi nombre es Jars, y como ya lo has visto…no soy de tu planeta"-

La voz de Jars suena muy clara ante el asombro y temor de Karl, que de pronto se encuentra en conversación con aquel extraño y a quien todavía no le logra decifrar su procedencia, sin embargo y a pesar de todo, Karl siente en su interior la confianza de que nada va a sucederle, por lo que con voz entre cortada se limita a contestar…

- "mi nombre es Karl…"-

y también extiende su mano para entrelazarla con la de Jars.

Inmediatamente después de haber hablado, Karl se relaja y empieza a adquirir más serenidad para poder manejar la situación, pero al mismo tiempo, un torrente de inquietudes empieza a circular en su mente.

Jars, continúa la conversación invitando a Karl para que se sitúen junto a la nave, diciéndole…

- "ven Karl, siento que tienes muchas inquietudes y puedo explicártelas, para antes de que aparezca la luz"-

Las dos siluetas disparejas por las diferencias de estatura, se reflejan en las laminas plateadas de la nave que se encuentra posada firmemente sobre el terreno arenoso del lugar, manteniendo una luz tenue que parece reflejar el ambiente como un espejo, de donde por momentos, se puede percibir un suave zumbido como si fuera de una fuente de electricidad que se encuentra encendida.

Ahora Karl puede apreciar con más claridad el rostro de Jars, quien es de apariencia agradable, de tez blanca, ojos de un azul profundo y un cabello de color dorado que le llega hasta la altura de los hombros, su vestimenta también emite un pequeño brillo haciéndolo parecer de metal, tiene un color rojo en la parte de la chaqueta y un color gris oscuro en los pantalones y sus zapatos lucen como botas que se encuentran adheridas al pantalón.

Los dos caminan unos metros y luego se acomodan en una parte de los montículos cercanos a la nave, pero Karl no le quita la mirada a Jars en ningún momento, ya que aún se siente incomodo por la extraña situación de estar en la montaña viviendo una experiencia que jamás hubiera imaginado en su vida, pero que en contraposición, siente en su interior una paz espiritual, quizá en parte por la voz suave y tranquila de Jars, quien además le muestra una condición amigable.

No terminan de acomodarse en el lugar cuando inmediatamente Karl le pregunta a Jars…

- "¿de dónde vienes y para qué vienes?"-

Jars, hace un movimiento con su cabeza como queriendo encontrar las respuestas adecuadas para Karl, y luego baja un poco la mirada para contestar…

- "Karl, vengo de un planeta que se llama Nibam, y es muy lejano en distancia de tu planeta tierra"-

Luego se silencia por unos segundos para continuar

dándole respuesta a Karl…

—"vengo,…como siempre hemos venido…"

"…en el tiempo de la tierra, lo hemos hecho desde hace miles de años, pero en nuestro tiempo, lo hacemos en poco espacios de tiempo y en pocos momentos…"

-"…todo esto es muy complicado Karl, pero voy a explicártelo con más claridad"-

Karl, se agita un poco por las respuestas de Jars y le dice…

- "está bien Jars, pero,.. ¿cuál es el propósito de que estés aquí?"-

Jars se silencia otra vez por unos segundos, y luego vuelve su mirada hacia Karl, para decirle…

-"voy a explicarte y espero no confundirte con mis palabras, ya que todo el proceso al que voy a referirme es un poco difícil de asimilar"-

Jars acomoda un poco las piernas de la posición en la que se encuentra sentado y se apresta a aclararle a Karl, las preguntas que le hace…

-"Karl, lo que aquí llamas el universo, es realmente una

extensión de espacio infinito, nosotros en nuestro planeta Nibam, aún no hemos podido conocerlo en una proporción mayor de la que ya lo conocemos, y esto es porque el espacio es demasiado extenso, y también muy peligroso…"-

Luego de una breve pausa, Jars continúa hablando.

-"…ustedes se han denominado humanos en tu planeta, y en el infinito del universo se les conoce porque también existen otros seres vivos y otros planetas, que al igual como ustedes, viven sus propios tiempos dentro de sus propios ambientes, con esto quiero decirte que en esos planetas hay vida, y los seres vivos al igual que en tu planeta, tienen diferencias con las formas de sus cuerpos y las formas de sus pensamientos, que en algunos casos son pensamientos de desarrollo del bien, y en otros casos son pensamientos de desarrollo del mal"-

Jars hace una pequeña pausa en su hablar como queriendo saber si sus palabras no están causando un impacto negativo en la comprensión y sentir de Karl y luego continúa diciendo…

- "tu planeta que llamas tierra, nosotros la llamamos Zat,

y la conocemos desde antes de los tiempos en que tus científicos empezaran a catalogar su historia en relación con los tiempos de su desarrollo, según los años terrestres que fueron sucediendo..."

–"...en la posición en la que se encuentra tu planeta Tierra, que ustedes conocen como "la vía láctea", nosotros la ubicamos como la "zona croma", porque la disposición de la estrella mayor a la que llamas sol, provoca un lugar de conjunción de los planetas ubicados a su alrededor, activando la función de un sistema propio, que genera la energía que se irradia hacia los demás sistemas adjuntos, que hace funcionar esa sección con estabilidad espacial"-.

Jars vuelve a silenciarse por un momento y ve a los ojos de Karl, como queriendo saber si sus palabras tienen problemas de comprensión.

Karl comprende la mirada de Jars, y le dice...

-"adelante Jars, sé que es difícil para mí comprender todo lo que me dices, pero también sé que son realidades que tu conoces, y que tal vez yo las deba conocer"-

Jars retoma nuevamente sus explicaciones diciendo...

-"Hace mucho tiempo, en los planetas que giran en el sistema junto con tu planeta, allí habitaban seres vivos y éstos en ese momento fueron, los "Trats", en el planeta que tu llamas "Marte", los "Jor" en el planeta que tu llamas "Venus", y los "Maks", en el planeta que tu llamas "Júpiter", sin embargo, todas esas razas no podían vivir en paz, por lo que se mantenían en una constante batalla, para predominar los unos sobre los otros, y por ello y con el transcurrir de los tiempos, causaron muchas batallas que los llevaron a destruir sus propios planetas, para dejarlos inhabitables, aunque en sus mejores tiempos, esos planetas fueron ricos en vida natural y en desarrollo de seres vivos…"

"…al tiempo que todo esto sucedía, tu planeta aún se encontraba en un proceso de desarrollo"-.

Jars detiene su explicación por un momento y luego continúa…

- "ahora te comento esta parte de acontecimientos, para poder responder a tu pregunta de por qué vengo a tu planeta…"

-"…en el conflicto de destrucción de las razas de los

Trats, los Jor y de los Maks, algunos de ellos salieron de sus planetas en los últimos momentos previo a su destrucción, y se posicionaron en tu planeta con pequeños grupos de cada raza, estableciéndose cada uno en diferentes regiones para formar nuevas colonias de residentes, que en algún momento podrían tener una nueva convivencia en paz, sin embargo y por esos tiempos, en tu planeta los seres vivos que existían, eran muy grandes y también muy agresivos, por lo que fueron destruidos por una gran explosión a reacción causada por los Jor, porque éstos, acusaban a los Maks de haberlos creado para apoderarse anticipadamente de tu planeta, y para que las otras razas que llegaran a habitarla, no pudieran vivir tranquilas, por lo que tambien los Trats, lanzaron otro ultimo ataque que destruyó toda la faz del planeta, y terminó con la existencia de vida…"

Y agrega….

- "…los Maks, son seres agresivos y son muy temidos por las demás razas…"

- "…así que luego de llegar al planeta tierra, y para evitar su aniquilación, los Maks deciden vivir en lo profundo de cavernas que fueron abiertas por ellos en las grandes montañas para formar allí sus sistemas de vida…"

- "…por su parte los Jor, formaron su sistema de vida adentro de las aguas de tu planeta y en lugares donde a los Maks les es muy difícil llegar para destruirlos…"

- "…los Trats continuaron viajando por el espacio cercano y decidieron quedarse próximos a la tierra, en el satélite que ustedes llaman, "luna" y es desde allí que han tenido control de las demás razas para que no destruyan nuevamente el planeta tierra, aunque son los Trats los que provocan la mayor destrucción entre ustedes los humanos, porque están buscando eliminarlos."-

Karl pasa sus manos sobre su cabeza como queriendo recomponer su cabello tratando de relajar su cuerpo para meditar de mejor manera, lo que Jars le está informando, y luego pregunta…

- "pero Jars, en todos esos tiempos cuando las razas peleaban y llegaron para fincarse en la tierra, ¿en dónde estábamos los seres humanos?"-

Jars alza su mirada al cielo el cual ahora se encuentra despejado y lleno se estrellas brillantes, dibuja en su rostro una expresión de satisfacción al observarlo, y luego vuelve a bajar su mirada para responderle a Karl...

-"los tiempos que pasaron después de la destrucción del planeta tierra, fueron en tu tiempo, muchos años, miles y millones de años, y durante todo ese tiempo las tres razas se consolidaron, se desarrollaron y mutaron dentro de sus propios ambientes, al tiempo que en la tierra empezaron a generarse nuevas especies de seres vivos, que también empezaron a florecer junto con un nuevo sistema de hierbas y árboles, que poco a poco dieron paso a muchos arbustos, y luego a grandes bosques, que empezaron a llenar de oxígeno la atmósfera de este planeta, que posteriormente proporcionó nuevas condiciones para el desarrollo de vida que de alguna manera, las tres razas ya establecidas en la tierra, hicieron evolucionar hasta formar esa cuarta raza, que ahora la constituyen ustedes como humanos"-

Karl se sorprende al escuchar las últimas palabras de Jars y nuevamente se apresura a preguntar...

- "¡! Quieres decir que los humanos somos creados por esas razas de seres ¡¡" -"Y que están en la tierra, desde hace millones de años..."-

Jars asiente con la cabeza y le responde...

-"Karl, la vida ya existía en la tierra, lo que se hizo fue acelerar el proceso de desarrollo de esa vida existente, y así con impulso, la raza humana comenzó a formar ciclos de transformación, que con el paso del tiempo, tomó formas que tampoco se esperó que sucedieran, ya que inicialmente, se pensó que la creación de nuevos seres sería para tener otra clase de seres de vida que pudiera pelear contra el otro enemigo, sin embargo, el sistema se descontroló y la raza humana empezó a tener formas de vida propia y diversa, con formas, colores y estaturas diferentes a otros seres, y caao diferencias empezaron a causar conflictos entre los mismos seres humanos, por lo que los Trats, los Jor y los Maks, se dedicaron a apoyar a determinados grupos de humanos para que sirvieran a sus propias causas para seguir con las discordias que prevalecen entre ellos, pero que ahora en los nuevos tiempos, y por la experiencia pasada de haber destruido sus propios planetas, han logrado recapacitar que se encuentran en un planeta nuevo que dispone de tanta riqueza de vida, por lo que toman sus discordias de manera más estratégica..."

- "…por ello y finalmente, todas las razas empezaron a proteger el planeta tierra porque comprendieron que aquí se han desarrollado bien y pueden estar cada uno dentro de sus propias regiones sin ser molestados por los demás, por eso solamente se han dedicado a ayudar a construir lugares de vida para los humanos en diversas regiones y elaborando construcciones que en estos tiempos, todavía puedes observar, porque son los vestigios que dejó cada raza para ayudar a los grupos de humanos de esos tiempos…"

-"…y ahora Karl, en relación a el por qué estoy en el planeta tierra y de dónde vengo, te digo que mi raza está afuera del sistema croma y a mucha distancia de tu planeta, pero tenemos muchas formas de vida similares al tuyo…"

-"…cada cierto tiempo venimos a conversar con las diferentes razas que se encuentran en la tierra, con el propósito de mediar y de regular las intervenciones con ustedes, porque también nosotros velamos por la protección del sistema, y como ya te expliqué, vengo del planeta Nibam, en la parte obscura que está atrás del sistema que ustedes llaman Orión, y más lejano a la constelación Apdar, que se encuentra en el cinturón central de la galaxia Ancor, en donde coexistimos las federaciones de seres de energía…"

- "…yo pertenezco a la raza Nivar, ya luego te podré explicar más de esto porque sé que para ti y ahora es muy difícil comprenderlo…"-

Karl a este momento, se encuentra totalmente absorto de todas las explicaciones que escucha de Jars y no logra emitir ninguna palabra, quizá porque su cerebro no termina de procesar tan relevantes y extrañas explicaciones, por lo que entonces, Jars retoma nuevamente la palabra y le dice a Karl…

- "Karl, ahora en tu tiempo actual, tu estrella solar está por aparecer e iniciar otro proceso de vida en la tierra, por lo que es mejor activar un tiempo diferente para que podamos seguir conversando, ¿crees que podrías acompañarme?"-

Karl asombrado, no sabe a qué se refiere Jars, y con mucha duda le pregunta…

- "acompañarte Jars, ¿a dónde?"-

Jars, se silencia por un segundo, y luego le responde…

- "acompañarme a ver las estrellas Karl, viajar al espacio, y…ver mi planeta"-

Karl entre abre sus labios y agranda la expresión de sus ojos sin saber que contestar, la gran emoción que experimenta por escuchar las palabras de Jars con semejante petición, lo toma por sorpresa dejando su pensamiento casi en blanco y sin poder hilar ninguna idea al respecto, sin embargo, y entre balbuceos, mueve su cabeza y sus manos de forma nerviosa, para responderle a Jars…

- "Sí… creo que me gustaría Jars"-

Jars le responde de manera inmediata…

- "no debes preocuparte Karl, el tiempo para volver será pronto y no tendras ninguna consecuencia, por ello…"

Y agrega…

-"…ahora ven"-

Jars empieza a incorporarse del lugar en donde se encuentran e inmediatamente Karl lo sigue de forma automática, pero con mucho nerviosismo y sintiendo por momentos, un leve temblor en su cuerpo.

En el mismo instante en que los dos se incorporan para pasar al lado de la nave, ésta vuelve a iluminarse de manera tenue, al tiempo que también empieza a emitir ese leve zumbido electrónico que Karl ya había escuchado con anterioridad, por la cercanía que tiene con aquel asombroso aparato, por lo que no puede evitar la tentación de extender su mano para tocar esa brillante y pulida estructura de la nave, y que al momento de hacerlo, ve asombrado como por donde va pasando su mano, esa área se ilumina en su entorno, en una reacción como si la nave lo sintiera o estuviera viva.

Luego de unos pasos, Jars se detiene un momento adelante de una de las partes de la nave, donde súbitamente, de la estructura metálica y cerrada, se comienza a abrir una pequeña compuerta de entrada, que da la sensación como si del mismo metal con el que está construida la nave, éste se desvaneciera para abrirse de forma perfecta, con una radiante puerta de acceso.

Karl asombrado observa pensando en muchas situaciones de peligro que podrían sucederle por haber aceptado la invitación de Jars, por lo que vuelve su cabeza en dirección hacia donde él cree que se encuentra su campamento, y aunque no puede observarlo por la distancia en la que se encuentra, pareciera querer lanzar una última mirada, como tratando de despedirse de su refugio y de su equipo, pensando además en las angustias que tendrá que pasar su familia para tratar de localizarlo, y tambien lo mucho que se sorprenderán al encontrar su equipo de escalar, abandonado adentro de la carpa.

Los pensamientos de Karl se interrumpen cuando Jars le habla y lo invita a atravesar la pequeña compuerta para pasar adentro de la nave, y para esos angustiosos momentos, Karl sabe que de atravesar esa compuerta, ya no habrá marcha atrás, y que de allí en adelante, se lanzará a la mayor aventura de su vida, de la cual no sabe con certeza, cómo podrá ser su final, sin embargo, mantiene su determinación de conocer lo inimaginable gracias a ese extraordinario y fortuito encuentro con un ser de otro mundo, quien lo ha invitado a conocer aquella maravillosa nave espacial para viajar hacia el espacio exterior, el que Karl siempre ha visto con sus binoculares desde la cima de las montañas, pero que ahora tendrá la oportunidad de verlo más allá del cielo, y sin que para ello deba de tener alguna preparación física, como tampoco el equipo especial, como los que ha visto en los documentales del espacio con los astronautas que van a la Estación Espacial, que además, deben de tener un entrenamiento especial para resistir los embates del lanzamiento y la estancia en el espacio.

Y asi, Karl no deja de fascinarse con ello, aunque muy en su interior, su instinto de conservación lo traiciona por momentos, pensando en que su vida podría estar en grave peligro, ante semejante situación que le es desconocida.

Karl bajó su mirada para poder observar la plataforma de ingreso hacia la nave, da tres pasos y enseguida se encuentra en el umbral de ingreso, levanta su cabeza para reincorporar su asombrada mirada hacia el interior de la nave, donde todo parece estar vacío e iluminado por una suave luz de color blanco que deja percibir todo ese interior que al estar adentro, parece mucho más amplio de lo que se puede observar desde afuera.

La silueta de Jars, le indica a Karl hacia dónde debe dirigirse, por lo que camina unos pasos más hasta detenerse justo detrás de unos muebles que parecen ser los sillones para acomodarse durante el viaje, Karl vuelve su cabeza para ver nuevamente la puerta de ingreso de la nave, pero ésta ya ha desaparecido, toda la pared luce lisa y pulida, y el interior no tiene ninguna marca ni señal de existencia de aquella puerta, ahora para Karl, no hay alterativa de retroceder en su decisión.

- "ven Karl..."-

le dice Jars, indicandole a Karl el lugar donde deberá de acomodarse, y agrega...

- "no tengas temor, todos los sistemas de esta nave son controlados de manera exacta por sistemas de electrónica avanzada"-

Karl se acomoda en el lugar que le indica Jars, e inmediatamente siente como en toda la parte del sillón en donde él se ubica, le proporciona una serie de monitores y circuitos electrónicos que actúan dentro de una burbuja de protección corporal, sintiendo que todo aquel extraño mueble, se transforma en un sistema biométrico en donde Karl experimenta seguridad y tranquilidad.

Jars también se ubica dentro de uno los extraños

muebles de la nave, y se posiciona al lado de Karl.

Repentinamente los suaves zumbidos que se perciben dentro de la nave, incrementan levemente su sonido, pero no causan molestias auditivas, ya que solo parecen zumbidos electrónicos, que para el sentir de Karl, deberán de ser porque la nave despega del suelo, para iniciar su viaje.

Jars vuelve su cabeza y se dirige a Karl para decirle:

- "Karl, iniciaremos el viaje, y no te preocupes por tu cuerpo ni por el aire que debes respirar, todo dentro de la nave tiene sus propios controles..."-

Karl con el rostro serio y abrumado, le indica a Jars estar de acuerdo, haciendo un leve movimiento con la cabeza.

Mientras tanto en el exterior, unas luces de colores centellan alrededor de los arbustos cercanos a donde se encuentra posicionada la nave e iluminan con una luz de color blanco todo el entorno, mientras que el conjunto exterior del metal, pareciera vibrar con suaves y finos sonidos de una perfecta nave espacial que comienza a elevarse con suavidad del lugar de donde se encuentra estacionada.

En cuanto Karl siente las vibraciones de la nave, trata de incorporarse de su asiento, pero su cuerpo no responde a ese impulso porque una fuerza interna lo presiona hacia la plataforma donde se encuentra ubicado, y por ello su cuerpo regresa de un tirón haciendo que Karl haga en su rostro, una mueca de dolor.

- "¡no puedes incorporar ahora Karl!"-

se apresuró a indicarle Jars, ante el impulso repentino de Karl, y agrega…

- "el aparato tiene el control de todo el sistema de navegación para proteger lo interno y lo externo de la nave, pero muy especialmente, a los que nos encontramos adentro de ella, esto se ha programado desde el centro estelar de nuestro planeta, antes de salir al espacio"-

Karl no termina de salir de su asombro por el cumulo de experiencias que se encuentra viviendo en esos momentos y volviéndose hacia Jars, le pregunta…

- "¿por qué no podemos ver hacia afuera, Jars?"-

Jars sonríe levemente para seguidamente contestarle a

Karl:

- "lo veremos Karl, pero no te impresiones"-

Y agrega...

"muy pocos humanos han alcanzado a observar el espacio desde estas dimensiones"-

Karl se silencia pensando para sí mismo como queriendo recapacitar en lo que acaba de escuchar de Jars, y luego con tímidas palabras le responde...

- "¡estoy preparado Jars!"-

Jars asiente levemente con su cabeza y vuelve su mirada hacia un panel de control cercano a ellos, concentra su mirada, y poco a poco del lugar empiezan a deslumbrar pequeñas luces de colores, que al momento afectan el entorno de la nave, que poco a poco comienza a transparentarse en su parte superior, desvaneciendo en pocos segundos aquel maravilloso y brillante metal, para dejar al descubierto una visión del espacio exterior tal y como si la materia de la nave hubiera desaparecido, dejando todo un asombroso panorama del planeta tierra en toda su majestuosidad y que poco a poco comienza a alejarse como si fuera una película de ciencia ficción que se presenta con todos los adelantos de los efectos especiales, pero que ahora, es una vivencia clara y magnífica que ofrece el viaje dentro de una nave espacial extraterrestre.

Karl mueve la cabeza de un lado a otro, y cuando apenas comienza a percibir la belleza del espacio exterior, sus ojos se llenan de lágrimas, al momento que también su respiración se agita con el ritmo de su corazón que late muy fuerte debido a la impresión de encontrarse observando con tal claridad, la maravilla del globo azul del planeta Tierra, que envuelto con sus diversos mechones blancos de las diversas nubes que lo circundan, contrasta con los grandes mares azules que terminan en los contornos de los continentes, haciendo mágica aquella visión que a esas distancias, es identificada por Karl como su hogar y su lugar de vida y que ahora se mueve en vertiginosa velocidad.

La belleza de ese enorme globo blanco y azul comienza a reducirse en tamaño, debido al movimiento de la nave que se aleja rápidamente más y más en cada momento.

Jars comprende las emociónes de Karl y quiere explicarle

lo que se observa en el entorno del inmenso espacio, pero previo le pregunta…

- "Karl… ¿te encuentras bien?"-

Pero Karl no puede responder debido a la gran excitación que manifiesta ante la escena que se encuentra al frente y a los lados de él, y entonces, ya sin ningún control, baja la cabeza como tratando de que su yo interno pueda asimilar la grandiosa experiencia que se encuentra viviendo en esos momentos, aunque su sollozo y su respiración no lo dejan tranquilizarse a causa de estar ante semejante situación tan especial, y haciendo un notable esfuerzo, le contesta a Jars…

- "Sí Jars… estoy bien"-

Jars, comprendiendo las emociones de Karl, lo toma del brazo para reconfortarlo, y así Karl se vuelve hacia Jars respirando profundo, y nuevamente alzar su mirada hacia el exterior de la nave, para empezar a admirar la belleza del único satélite de la Tierra, la Luna, que ahora se acerca de manera rápida, haciendo que su color grisacio y brillante resalte con sus incontables cráteres causados por el impacto de tantos meteoritos.

Jars, comienza a explicarle a Karl lo que sucede en el espacio exterior, diciéndole…

-"Karl, aunque no puedas percibirlo, estaremos atravesando parte de tu galaxia a muy altas velocidades y con sistemas cinéticos, donde como ves, podemos percibir los colores y los destellos de la mayoría de planetas que pasamos en nuestra travesía, aunque pareciera que vamos a una velocidad menor, esto se debe a lo inmenso del universo y a las diversas entradas estelares que atravesamos"-

Muy inquieto Karl pregunta…

- "¿entradas?, ¿qué es eso Jars?" –

Jar le responde…

-"Dentro del universo son energías que se anteponen las unas entre las otras, por lo que al desplazarse por el espacio, se debe de hacer una sincronización para atravesarlas"-

Karl, asiente con la cabeza, todavía incrédulo de las explicaciones de Jars, ya que la información que recibe, su inconsciente y su cerebro, no son capaces de procesarla, así que inclina su cabeza, al tiempo que alza su brazo para observar el reloj de pulsera que siempre lleva consigo para verificar la hora en la que se encuentra, pero para sorpresa de Karl, el reloj no funciona, está detenido con las agujas marcando las cuatro treinta de la mañana, hora en la que Karl calcula haber estado conversando con Jars en la montaña apenas hace unos instantes.

Ya sin las expectativas de poder saber la hora en la que se encuentra en ese momento, Karl se reacomoda en el sillón y vuelve su vista nuevamente, hacia la luna y los maravillosos y cambiantes colores del inmenso universo por donde viajan.

Jars vuelve a hablarle a Karl diciendole:

"voy a mostrarte algo importante para ti Karl…"

Para esos instantes la nave viaja casi al ras de la superficie de la Luna y entre sus montañas y cráteres que se mezclan con las grandes planicies que cambian de color entre blanco y gris.

En un momento la nave comienza a desacelerar y también a acercarse a unas estructuras que pueden observarse a la distancia, mientras que Karl atento y con emoción logra distinguir que están en el "Mar de la Tranquilidad", lugar del alunizaje del Apollo 11.

La nave de Jars, descendió y ya casi detenida sobre el lugar, ahora deja apreciar con espectacular claridad la base en forma de araña de lo que fue el módulo lunar que llevó a los primeros hombres a posicionarse sobre la superficie de la luna, así como también, algunos aparatos, antenas y la famosa bandera de Estados Unidos que fuera plantada por los astronautas Neil Armstrong y Buzz Aldrin, así como los caminamientos por donde los astronautas se fueron desplazando para filmar el lugar y para colocar aparatos, que increíblemente se encuentran en buen estado, como si todo el evento de llegada a la luna hubiera sido en ese momento.

Karl observa emocionado toda aquella histórica escena y de manera suspicaz le dice a Jars:

"hasta aquí hemos Jars…"

Y Jars con una sonrisa en sus labios le responde:

"Si Karl, hasta aquí han llegado…"

Luego de observar con detenimiento la belleza del lugar, y los restos del alunizaje, la nave comienza a movilizarse lentamente al lado del modulo lunar y hacia arriba, preparándose para lanzarse nuevamente hacia el espacio.

El paso por la luna fue un suspiro, y dejó muy emocionado Karl.

Luego de que la nave saliera de la gravedad de la luna, y casi de manera inmediata, Karl distingue dentro del brillo de colores del espacio, flotando en la distancia, un punto de color rojo que para él, no puede ser más que el planeta Marte, y en segundos, aparece ante la vista de Karl con toda su majestuosidad.

Karl muy inquieto le pregunta a Jars:

"Jars, los científicos de la Tierra tienen en programa, venir al planeta Marte, qué piensas de eso?"

Jars, medita la respuesta de Karl, mientras que la nave no ingresa a la atmosfera de Marte y solo viaja circundandolo muy de cerca, dejando observar las notables características de color que irradia.

Despues de unos segundos, Jars le dice a Karl:

"Luego te hablaré sobre lo que me has consultado Karl, ahora iremos buscando las entradas en busca de Nibam, mi planeta…"

La nave de Jars se direccionó acelerando para pasar ante el

planeta Venus y el Sol, sucediéndose todo tan rápido por el transitar de la nave espacial que de a poco, fue dejando atrás el sistema solar, brindando todo un espectáculo por la cercanía del paso por cada planeta cumpliendo así con las expectativas de admiración de Karl, cuando tomó la desición de aceptar viajar hacia el espacio con Jars.

En un instante mas, Jars vuelve su cabeza hacía Karl para decirle...

- "Karl, los tiempos de la tierra, se han detenido desde el momento que comenzamos el viaje"-

Y agrega...

- "tu propio tiempo también se ha detenido, y por ahora lo que estamos viviendo, no tiene tiempo, no al menos el tiempo que tú conoces en la vida de la Tierra"-

Karl escuchó atento las palabras de Jars, pero no logró comprender a cabalidad, por lo que prefiere guardar silencio, ya para ese entonces, su mente se encuentra saturada de emociones por los eventos que ha tenido que enfrentar desde el momento que llegó agotado a la cima de aquella montaña, hasta llegar al encuentro con Jars, por lo que ha teniendo que superar sus estados de negación y aceptación de todo aquel extraño y fortuito encuentro con un verdadero y autentico ser de otro mundo.

Karl no termina de admirar los diversos planetas que con sus maravillosos y cambiantes colores, pasan al frente de sus ojos, tan cerca y con tal claridad, que pareciera poder tocarlos con tan solo extender sus brazos, haciendo recordar a Karl, los estudios realizados en la escuela, en donde le habían enseñado a conocer los planetas del sistema solar en sus clases de ciencias, pero que en su actual vivencia, esos estudios no podrían compararse siquiera, al estarlos presenciando de forma tan real, y con tal cercanía que en solo segundos, se van quedado atrás para dar paso a otros escenarios con diversos planetas de diferentes tamaños y colores, algunos con muchas lunas y en algunos otros, con satélites o estaciones espaciales como la que circunda la tierra, pero extraordinariamente más grandes y complejas, evidenciando claramente los grandes avances tecnológicos de las diversas poblaciónes que podrían estar viviendo en esos lugares tan admirables, y que enbullidos en sus propias actividades, ignoran el paso de aquella nave espacial que ahora transporta a un pequeño ser humano, en una travesía tan singular y única.

Las interminables luces pequeñas y grandes de las estrellas que se dispersan en el manto obscuro del espacio infinito, pasan ante la sorprendidad mirada de Karl, quien las observa pleno de alegría pensando por momentos, "quién habría de decirle la maravillosa aventura que viviría ese día", y que lo llevaría a los confines más lejanos del espacio, para ver de manera única el sistema solar, las galaxias cercanas y la misma vía láctea, más allá de la altura de una montaña, en donde él siempre gusta de acostarse para observarlos.

En los movimientos inquietos de Karl por tratar de observar la mayor cantidad de estrellas y planetas que pasan frente a sus ojos, gira su cabeza una y otra vez para no perderse de nada, y así de manera casual, divisa unas diminutas luces que a lo lejos, parecieran encenderse y apagarse, diferenciándose del tipo de brillo que rebota de los confines del espacio, que desde la perspectiva de Karl, pareciera navegar casi a la par de la nave en donde viajan ellos.

La voz de Jars se deja escuchar, diciéndole a Karl:

"reconoces esas luces Karl...?"-

Súbitamente las luces que ha divisado Karl, parecen acercarse con mucha rapidez hacia la nave, hasta quedar al lado de ellos, pudiendo ahora observar con asombro y a muy corta distancia, la definición de ese objeto con detalle; su color es de un entorno gris brillante y limpio, que destaca con una antena parabólica de fondo casi blanco, con varios sistemas externos donde sobresalen unas antenas a su alrededor, Karl luce totalmente extasiado pensando que aquel aparato posee una apariencia terrestre, y se apresura a ubicar con su mirada, los lados de ese aparato en busca de confirmar sus sospechas de la procedencia, cuando por fin detiene su mirada en una placa dorada y brillante...

- "¡es el disco!"-

dice Karl sobresaltado

Ahora a Karl, no le cabe la menor duda, se encuentra al lado de una de las sondas espaciales "Voyager", que fueron lanzadas desde la Tierra hace más de 40 años, y que efectivamente en su misión de investigación, el científico Carl Sagan, diseñó y colocó un disco de oro en la estructura externa de la sonda espacial, conteniendo la información del planeta tierra y de los seres humanos, con la esperanza de que alguna civilización extraterrestre, pueda localizarlo y enterarse del lugar de donde proviene la sonda.

Y sí, allí está ubicado el disco a un costado del aparato, y sin dejar de verlo, a Karl se le llenan de lágrimas sus ojos y nuevamente dificulta su respiración, debido a la intensa emoción que se encuentra experimentando por esos extraños eventos y por aquellas hermosas escenas del espacio profundo que se encuentra observando.

Súbitamente adentro de la nave, se escuchan una serie de sonidos electrónicos que desvían las emociones de Karl, por lo que Jars vuelve también su mirada hacia los diversos controles que se encuentran diseminados en el entorno, y le dice a Karl en tono tranquilo…

- "Karl, estamos por tomar el rumbo a mi planeta"-

En ese instante, Jars coloca sus manos en los diferentes sistemas de control de la nave, y la sonda espacial que estuvo tan cercana a ellos, comienza a alejarse mientras Karl no deja de mirarla hasta que poco a poco, se hace más pequeña y desaparece en el inmenso manto negro del espacio con su colorido entorno espacial de planetas y estrellas que parecen interminables.

Karl profundamente emocionado le pregunta a Jars:

– "qué piensas de ese aparato Jars?"-

Jars, levanta su mirada y le responde

-"la hemos conocido Karl, y también la hemos seguido para ayudarla en su trayectoria"-

Karl medita un poco y pregunta de nuevo…

- "hasta dónde crees que podrá llegar?"-

Jars mira hacia donde se ha perdido a la distancia la sonda espacial y responde:

-"es posible que las fuentes de poder con las que fue equipada, puedan resistir un tiempo más, aunque está llegando a una zona espacial peligrosa donde los encuentros con restos de planetas, podrían tocarla y dañarla, pero para bondad de la humanidad, hay una declaración de la federación que indica que se seguirá tratando de guiarla por una buena dirección"-

Karl se queda en silencio, y vuelve su mirada hacia un bello planeta por el que en se encuentran pasando en esos momentos, su color es de un tono gris claro y de un tamaño inmenso, Karl calcula que éste podría ser mil veces mayor al tamaño de la Tierra, y flotando hacia sus lados, también se pueden observar dos pequeños planetas más, que giran alrededor del enorme planeta, uno de estos satélites, es de color casi blanco con unas manchas de color violeta, y el otro un poco más pequeño, de color azul-celeste, y por momentos, parecieran ser muy similares a la Tierra.

Jars se apresura a decirle a Karl:
-"ese es el planeta Dion Karl, allí hay mucha vida, pero su desarrollo es todavía muy lento, a ese planeta no ha llegado ninguna otra raza a tratar de intercambiar relaciónes con éllos, porque su atmósfera tiene una rara combinación de elementos químicos, que internamente hace florecer la vida, pero solamente a la vida que se ha generado adentro del planeta, porque otra clase de vida que quiera llegar de afuera del planeta, es rechazada y eliminada por alteración y descomposición de sus elementos, esa es la defensa de Dion, sin embargo, algunas veces hemos podido navegar dentro de él, pero sin descender"-

En cuestión de segundos los planetas y las conjunciones

de estrellas, aparecen y desaparecen al paso de la nave espacial, todo tan maravilloso y tan extraño a la vez, tanto que por un instante, a Karl le vienen a la memoria las enseñanzas religiosas y la formación católica que ha tenido toda su familia, y que lo ha arraigado en ella, especialmente por las enseñanzas de sus padres que a través de varias generaciones, la han profesado de tal manera, que en su familia, se han ordenado dos sacerdotes católicos.

- "Dios"…

Se dice Karl para sí mismo y su interior, como meditando e inquiriendo a la vez:

- "¿todo esto es la creación de Dios?"…

Pero luego reflexiona tratando de alejar esos pensamientos, porque siente que entrar a cuestionarse en esos momentos sobre el tema religioso, le podría traer mayores confusiones de las que ya se encuentra teniendo hasta ese momento, así que continúa alucinando con la belleza del entorno que le rodea, y así, absorto por las escenas que pasan ante sus ojos, la voz de Jars lo regresa de sus pensamientos, porque éste le dice:

- "hemos llegado Karl, estamos en mi planeta…éste es

Nibam"-

Karl se apresura a alzar su mirada hacia el frente, en donde con clara visión se deja traslucir al interior, todo el inmenso espacio, en una parte es muy oscuro, mientras que en otra, se ve plagado de los brillos resplandecientes de los multiples planetas que Karl observa maravillado, al momento que un hermoso planeta verde ya aparece a la distancia de la nave, y se acerca de una manera extraña debido a la velocidad con que se mueven.

Para Karl, este planeta verde difiere totalmente del color azul del planeta tierra, pero su belleza es innegable cuando ya se acerca y se puede apreciar en toda su dimensión, las distintas tonalidades de ese color verde que lo hacen ver tan bello.

Con emoción Karl pregunta:

- "es tu planeta Jars…?"

Las miradas de ambos se encuentran y Jars, solo asiente con la cabeza, para indicarle a Karl que efectivamente, han llegado a su planeta, mientras que unos rayos de luz ya iluminan el contorno de la nave, que para asombro de Karl, no son los rayos de luz de un sol como podría ser en la

Tierra, sino son los rayos de luz de dos soles que en distancias opuestas iluminan toda la superficie.

Los rayos de luz de ambos soles, empiezan a danzar con sus destellos amarillos y naranja dentro de unas transparentes nubes que se rasgan al momento en que la nave atraviesa veloz la atmosfera del planeta de Jars, y en su recorrido luego de atravesarlas, se equilibra y comienza a nivelar su vuelo, ahora que su velocidad no es la misma que con la que se desplazaba en su trayectoria por el espacio, pudiendo mostrar con definida claridad, las enormes planicies que se dibujan en la distancia con sus diversas tonalidades de verde.

El raudo aparato espacial, surca ahora el espacio aéreo del enverdecido planeta, que a primera vista de Karl, le parece la imagen de una foto de ciencia ficción de esas que aparecen en el cine o en la televisión, deslumbrando por la majestuosidad de los dos soles que se encuentran iluminando con una extraña intensidad, al acercarse a la superficie y haciendo rebotar del suelo el color verde que resplandece en el cielo.

Karl impávido y admirado, no deja de observar el

panorama que se presenta ante él, la maravilla de un planeta extraño que se encuentra ubicado en la lejanía de millones y millones de kilómetros de distancia de su planeta Tierra y en donde ahora se encuentra viviendo la más extraña de sus aventuras, y que por momentos, le hace dudar si verdaderamente se encuentra despierto o si por el contrario, solo se trata de un burdo sueño, del cual pronto se despertará exaltado.

Jars nuevamente se vuelve hacia Karl y le pregunta:

- "cómo te encuentras Karl...?"

Pero Karl apenas puede emitir su voz para contestarle a Jars, y alza sus manos enseñando las palmas como queriendo manifestarle, no saber ni cómo se encuentra, por tanta emoción mental, que ya saturandolo le hace experimentar cansancio.

Es en esos momentos cuando observa con detalle y con mucho nerviosismo, como la nave espacial, empieza a acercarse a lo que parece ser una gran ciudad y que a la distancia, resplandece con la claridad de los dos soles que lanzan esos extraños rayos de luz, para iluminarla con un raro color como si fueran luces que gradúan la intensidad de su brillo.

En el instante en que la nave ya se encuentra más cerca de lo que parece ser la silueta de una ciudad, Karl ya puede ver con claridad aquellas formas que reflejan con mejor definición, unas estructuras que parecen no ser tan diferentes a las de una gran ciudad de la Tierra, una escena como la que se puede observar desde las ventanillas de un avión cuando éste se apresta a aterrizar, y desde donde se observan los edificios con alturas discordantes, conjugados con la rectitud de las líneas de las calles que los circundan, pero que con la ciudad, que ahora percibe Karl, es de proporciones mucho más grandes que las de una ciudad promedio de la Tierra.

Los segundos que pudieran estar transcurriendo dentro de un inexistente espacio/tiempo anunciado por Jars, le parecen tiempos extensos a Karl, mientras que en un breve momento, ahora la nave espacial se encuentra posada sobre la ciudad que se visualizaba a la distancia, por lo que Karl se inquieta por el nuevo espectáculo que se presenta ante sus ojos con la impresionante claridad de una gran ciudad con sus estructuras altas y bajas que a diferencia a las del planeta Tierra, son de un color gris plomo, el cual brilla y refleja el color verde en las paredes de todas sus líneas arquitectónicas, de donde sobresalen unas torres con sus diversos niveles, y de donde se desprenden otras estructuras horizontales con formas de estrellas que van disminuyendo en largo, acorde a la altura que va ascendiendo.

Es en ese momento cuando ya la nave espacial se encuentra casi flotando en el aire, y Karl ya puede observar las puntas de cada nivel de las estructuras, donde cada una se encuentra iluminada con luces que parecen ser el rebote de la brillantez de los dos soles que se aprecian en la atmósfera, pero realmente, son las luces internas que provienen de las ventanas que se encuentran diseminadas, en las estructuras, haciendo parecer a los enormes edificios como si fuera una imagen de holograma, por la inmensidad de su altura y el tipo de iluminación que tienen, ya que ahora en la cercanía, Karl puede calcular que las estructuras tienen una altura que va de los mil quinientos metros las pequeñas, a los dos mil metros las más altas, unos verdaderos e inmensos edificios que se yerguen imponentes hacia un cielo claro que se encuentra tachonado solamente por unas pocas cortinas de nubes transparentes que flotan muy despacio debido al tipo atmósfera que lo rodea.

Siguiendo con su movimiento lento y pausado, la nave se mueve como buscando la dirección de la vivienda de Jars, mientras que Karl, no deja de observar toda la escena extraordinaria de la majestuosa ciudad que se yergue dentro de una emplanada limpia y clara que se envuelve en unos mantos de vegetación y de árboles tan grandes como lo son los bosques de seqoias.

En la parte de abajo de los grandes edificios, ya se pueden observar las líneas que parecen ser las calles y avenidas, pero a pesar de la cercanía, Karl no logra visualizar el transitar de vehículos, transportes o personas, todo parece estar tan vacío y tranquilo, dentro de una ciudad que se luce con un marco urbano de inigualable belleza con un conjunto de edificios que se encuentran incrustados dentro de la gama de árboles de distintos tamaños y formas, que despliegan sus ramas con frondosas y multiples flores de distintas tonalidades y colores, el sueño ejemplificado de una ciudad limpia, clara y hermosamente enverdecida por toda la vegetación circundante.

En tiempos exactos, la nave espacial disminuye su velocidad y se detiene sin causar ningún movimiento que pueda alterar físicamente a los ocupantes de ella, flotando sobre la iluminada y singular ciudad que con gran majestuosidad sobresale de entre tanta variedad de flora con sus distintas tonalidades color verde.

Karl no puede quitar su vista de todo el hermoso escenario que se presenta ante él, y sin percibir ningún movimiento de la nave, solo se dispone a esperar las instrucciones que le pueda dar Jars.

En ese instante, Jars se vuelve hacia Karl y le dice…

-"Karl estaremos en el lugar donde yo habito, hablaremos un poco, y después te llevaré a conocer algunos lugares, y luego veras a mi familia" -

Karl, asiente asombrado sin emitir palabra debido a la impresión que le causa estar ante ese escenario, aunque en el fondo de su ser, también se siente intrigado por lo que podría hablarle Jars, y más aún, por el momento de llegar a conocer a su familia.

Luego de acordar lo que sucederá en los momentos siguientes, Jars vuelve su rostro hacia el panel de control de la nave e inmediatamente comienza a cerrarse la visión que se tiene del exterior, apareciendo nuevamente el brillante y pulido material plateado de la nave espacial, por lo que adentro, el ambiente se torna oscuro reflejando únicamente la platinada superficie de la nave, y el leve sonido electrónico que apenas es perceptible.

Enseguida, y de entre la superficie lisa de la nave, se comienza a abrir la puerta de acceso, dejando ingresar un brillo de luz blanca, que va iluminando el interior acorde al movimiento de su abertura, y hasta que poco a poco la luz invade todo el interior, reflejando su resplandor en el panel de control, que todavía se encuentra emitiendo luces de diversos colores, mientras que de los sillones, se desvanecen los sistemas que estaban proporcionandole ayuda a la sobrevivencia de Karl en el espacio.

Jars se pone de pié y se dispone a encaminarse hacia la puerta que ya termina de abrirse, mientras que Karl, hace lo mismo siguiendo a Jars a la salida, y para sorpresa de Karl, la nave que momentos antes se encontraba flotando sobre una hermosa ciudad, ahora aparece conectada directamente a un salón amplio e iluminado con una potente luz blanca que a pesar de su intensidad, no molesta los ojos ni la visión de Karl, permitiendole contemplar con claridad los alrededores de ese salón.

Ya en interior, Karl observa las amplias ventanas hechas de un material muy semejante al vidrio, pero con notables diferencias debido a que de éstas, se pueden percibir unos pequeños reflejos plateados tal cual si estuvieran modificando la intensidad de la luz interna, y también la temperatura del medio ambiente, todo en un entorno que se encuentra detalladamente decorado con hermosas plantas de diversos tonos de colores.

Jars se encamina hacia el centro del salón, en donde se encuentran unos muebles que parecen ser los sillones pero tienen dimensiones grandes, de color blanco, y son formados con una estructura extraña por su redondez y con un material muy parecido a una tela de terciopelo fino. De estos muebles, sobresalen unos pequeños filamentos que se mueven acompasados con un movimiento ondulante, como si todo ese mueble tuviera vida.

Jars se ubica delante de los sillones blancos y luego se dirige hacia Karl invitándolo a descansar en uno de ellos, aunque Karl ya observa los sillones con un tanto de temor por la forma de ellos, pero atiende la invitación de Jars y se acerca despacio para acomodarse en uno de ellos. Inmediatamente al momento de que Karl se sienta en el sillón, todo el mueble empieza a envolverlo entre su material con aquellos extraños filamentos que lo rodean suavemente para hacerlo sentir más confortable y de una mejor manera acorde a la estructura de todo su cuerpo; luego de ello, entre alguno de los filamentos, empiezan a emanar unas pequeños chispas que suben hacia lo alto, disipándose después de un breve tiempo.

Jars también se posiciona al lado del sillón de Karl, y lo observa brevemente, y le dice...

- "no te preocupes Karl, se te está proveyendo una

combinación de oxígeno, para que puedas respirar"...

Las palabras de Jars le dan tranquilidad a Karl, mientras que él también se acomoda en otro de los sillones en donde vuelve a suceder lo mismo, los extraños filamentos del sillón envuelven el cuerpo de Jars, para ubicarlo cómodamente.

Al ya estar acomodado Jars en el sillón, de uno de los costados, empiezan a emerger unos cristales semejantes a pequeñas vasijas trasparentes muy parecidas al vidrio, los cuales se encuentran llenos de un líquido azul claro, y así mismo junto a éstas, aparecen unos pequeños tazónes que contienen unos diminutos cuadros de colores con forma semejante a la gelatina.

Jars toma una de las vasijas con líquido y se lo entrega a Karl, diciéndole...

- "tóma Karl, es nuestro equivalente al agua de tu planeta..."-

Y continúa diciendo:

- "...estas porciones líquidas se llaman, "belam", es un

líquido que se produce en nuestros campos de árboles y contiene activadores para nuestro sistema corporal,... no te preocupes, te hará bien..."-

Karl toma la pequeña vasija de cristal que le proporciona Jars, y por un instante observa el contenido azul y posteriormente bebe todo su contenido.

Karl se dirige a Jars y le manifiesta...

-"Es muy agradable Jars, siento una extraña energía que ingresa en todo mi cuerpo, ¡es maravilloso!..."-

Jars, sonríe un poco al tiempo que toma un poco de los pequeños cuadros de colores que se encuentran en la tasa y también se los entrega a Karl, diciéndole...

-"Estos son nuestros alimentos Karl, se llaman "derals", en él se concentran todos los nutrientes necesarios para nuestra vida y para nuestro desarrollo..."-

-"...Estos alimentos los tomamos desde que nacemos ya que la energía de ellos, ingresa directamente a cada parte funcional de nuestro organismo, y no produce ningún deshecho, por lo que todo se utiliza en las diferentes partes funcionales de nuestros cuerpos, es un sistema de vida, que se ha optimizado con el paso de los tiempos y,…"-

-"…Lo más importante es que nos ayuda a permanecer con vida, durante lo que aquí llamamos, "cincrones", una medición del tiempo semejante a lo que se mide en años en tu planeta…" –

-"…Los cincrones son alrededor de ochocientos años del tiempo de la tierra y se asemeja un poco a los años de vida de un humano en la tierra…"-

 -"…Por lo que en la cuenta de nuestros tiempos, podemos escoger ese tiempo de nuestra vida, acorde a nuestro propio deseo…"-

-"…Estos alimentos, también provienen de los campos naturales de producción que voy a enseñarte…"-

-"… ¡Cómelo Karl!... y no temas, que no te hará ningún daño…"-

Karl, se inclina y toma los alimentos que le entrega Jars quien por instinto de curiosidad, los conserva por unos instantes en la palma de su mano para observarlos muy de cerca y también para sentir su textura; posteriormente con un movimiento suave y lento, los lleva a la boca para comerlos.

Jars con mucha naturalidad ya ha tomado una parte de los alimentos y vuelve a acomodarse al frente del sillón que ocupa Karl, espera unos instantes y luego le dice…

- "Karl, se de los grandes problemas emocionales que estás pasando por esta experiencia, sin embargo quiero hablarte sobre algunos temas importantes…"-

CAPÍTULO 3

LAS MEMORIAS

Capítulo 3

Karl se prepara para escuchar las palabras de Jars, aunque en su interior siente mucha inquietud y una extraña ansiedad por la reacción que pueda tener su cuerpo, por haber tomado los extraños alimentos que le dio Jars, aunque en realidad no manifiesta ningún problema físico, y más parece ser una inquietud causada por la adrenalina que constantemente se encuentra circulando en su cuerpo por encontrarse en esos ambientes tan extraños, así que procura hacer en mayor esfuerzo por tratar de que su mente razone el hecho de que está a merced de todo lo que le pueda suceder, en un mundo lejano, y en donde las opciones de ser auxiliado por otro ser humano, o de recurrir a algúna instancia para comunicarse, son totalmente nulas, así que tiene que conformarse con lo que está viviendo, y por un momento, y con un poco de ironía, viene a su pensamiento la imagen de su teléfono celular que dejó en su mochila, y dentro de su carpa, por lo que esboza una leve sonrisa al pensar si éste tendría señal desde el lugar en donde se encuentra ahora.

Volviendo a la realidad de esos momentos, Karl trata de tranquilizarse pensando en la confianza que depositó en Jars para viajar con él, por lo que se conforma que ya no tiene ningún sentido creer que ha sido transportado a tan inimaginable planeta del vasto universo, para ser lastimado por un ser que ya le ha demostrado su capacidad e inteligencia, como para cometer una atrocidad con él, asi que razonando sus pensamientos, se dispone a escuchar a Jars.

Jars se acomoda nuevamente y comienza a hablarle a Karl…

-"Karl, como ya te expliqué, tu planeta Tierra ha tenido un desarrollo un tanto difícil debido a las innumerables luchas y guerras que allí se han llevado a cabo, como consecuencia también, por las guerras que se desarrollan en el sistema espacial de galaxias, en donde algunas razas diferentes han luchado por tener el control de toda esta región del espacio, a costa de sacrificar a otras razas, incluyendo a la raza humana…"

-"…de allí que el proceso de traslado de inteligencia

que se ha propuesto para ustedes, viene de una disposición de la Confederación de Especies, de la cual nosotros también somos parte importante, por la posición de nuestro planeta en el sistema Nibam…."

-"…ese traslado de inteligencia que se les ha brindado, se realiza en un tiempo relativamente corto para nosotros, pero es en un tiempo largo y extenso para ustedes, por que es a través del proceso de su historia, en los tiempos que ustedes miden como años…"

- "…el desarrollo que se ha tratado de hacer en el planeta Tierra, se hace a través de muchos formas, incluyendo el envío de los "Mensajeros Gadam", ellos son seres de nuestro planeta que se envían no solamente al planeta Tierra, sino también a otros sistemas planetarios que los han necesitado…"

- "…en contraposición a los mensajeros Gadam, las razas diferentes, procuran que algunos planetas no se desarrollen, provocándoles diferencias que los llevan a constantes guerras internas, para que siempre esten en discordias y destruyéndose así mismos…"

-"…es por ello que con insistencia llegamos a tu planeta para tratar de ayudar a preservarlo y también para protegerlos de las especies de los Jor, los Maks y de los Trats, que son las razas diferentes que buscan destruirlos creando guerras internas, para que ustedes se autodestruyan y así ellos puedan retomar el control del planeta Tierra…"

-"….por estos conflictos de las razas diferentes, es que llegamos en muchas misiones para traerles instrumentos que puedan servirles para alcanzar una mejor tecnología, y obtengan mejores capacidades de inteligencia que les proveea los avances necesarios en su desarrollo, y para que llegado el momento, puedan valerse por sí mismos en su propia defensa…"

-"…en las áreas científicas, promovemos para que desarrollen mayores beneficios para su protección y puedan sanar el cuerpo humano, porque para el tiempo que ustedes se encuentran viviendo, todavía poseen cuerpos muy débiles y muy vulnerables…"

-"…ya has podido percibir en tu planeta, que en los últimos tiempos, la humanidad está aprendiendo a tener mejores formas de alimentos, esas mejoras también son parte de la enseñanzas de los mensajeros Gadam, pero también de parte de las especies diferentes, ellos constantemente están procurando los alimentos dañinos para causarles destrucción…"

-"…ahora y en tu tiempo, con las capacidades y el desarrollo que se está alcanzado en el planeta Tierra, poco a poco se iran modificando los años de vida de los humanos, y cuando alcancen mejores formas de alimentos, lograrán que en el futuro sus cuerpos prosperen para que en el tiempo preciso, lleguen a formarse como el de los nuestros…."

-"….lamentamos los bloqueos en el desarrollo que ustedes mismos se provocan, produciendo elementos que los destruyen y que transtornan sus organismos, porque con ello, solo destruyen sus sistemas respiratorios y sus sistemas cerebrales, induciéndolos a una destrucción corporal interna…"

-"…todo esto forma parte de las diferencias que tienen algunos humanos que fueron sembrados por especies diferentes, y es parte importante en los problemas de destrucción, porque originalmente la especie humana fue orientada con sistemas genéticos que les permitio el lenguaje y el habla, para que pudieran comunicarse y estar de acuerdo entre similares…."

-"….en tu planeta, algunas son las especies humanas dominantes y otras son las especies humanas dominadas, en cuanto a las especies dominantes, ellos quieren prevalecer en la tierra, pretendiendo eliminar a los demás seres humanos, tal y como sucedió hace millones de años de tu tiempo, con las especies de nuestro sistema de planetas, incluyendo el sistema Nibam, en donde también sufrimos un problema similar, que causó la destrucción de dos de nuestros planetas y provocó la muerte de muchos seres de esas regiones, y contaminó la galaxia central con mucha radiación que se expandió en el sistema de conjunción espacial, alterando a muchos otros planetas cercanos…"

-"…luego de los tiempos transcurridos, y despúes de mucha destrucción, por fin nosotros hemos llegado a nuevos procesos de desarrollo, lo que nos ha llevado a retomar nuestro nuevo planeta, para cultivarlo como una sola especie, buscando el bien de quienes aquí habitamos, ya sin competencias ni ingerencias de las especies diferentes quienes aún persisten en esta parte del universo…."

-"….si te preguntas cómo hemos sembrado la inteligencia en la raza humana, has de saber que lo hicimos inicialmente con los mensajeros Gadam y posteriormente, con seres de tu misma raza, a quienes se les hemos proveido de un conocimiento especial, para que éste sea difundido en tu planeta para encontrar el bienestar y la sobrevivencia de los humanos…"

-"…también has de saber que las especies diferentes, no dejan de actuar, y ellos continúan sembrado en algunos seres humanos, los instintos de destrucción en tu planeta, es por ello que durante mucho tiempo, ustedes se han desviado de su proceso de desarrollo, por que estas razas diferentes, también utilizan a seres humanos para causar guerras y destrucción entre ustedes mismos, logrando una separación que busca crear rivalidades para continuar imponiendose los unos a los otros, a fuerza de armas que desgastan los tiempos de vida y los recursos naturales de tu planeta, al dedicarse a producir mayores instrumentos de guerra, que los mantienen en constante sosobra por los temores y la desconfianza de sus mismos congéneres humanos…."

-"….en el transcurrir de los tiempos, ustedes decidieron valorarse por unos instrumentos que llaman, "dinero" y con ello manejan los sistemas de la vida humana, obstaculizando el destino y el futuro de una gran mayoría de seres humanos, por lo que ese sistema de valoracion, solo les ha servido para hacer más fuerte la dominación de unos seres por los otros, y también es la causa directa de muchas degeneraciones de sus propias vidas, alentado por quienes se empeñan en destruir a tu raza, instandolos a luchar para obtener mayores volúmenes de esos instrumentos de dinero, creando grupos de humanos que viven realizando intercambios de objetos valorados con ese instrumento, aunque en muchas ocasiones, esos objetos sean solo para destruirles el cuerpo y su capacidad de inteligencia, lo cual continúa influyendo en el poco desarrollo de todo tu planeta…."

-"….aquí en Nibam, no existe ese instrumento de

valoración que ustedes utilizan, debido a que todos los que aquí habitamos, hacemos en conjunto los procesos para el bien y el desarrollo de todos los habitantes en comunidad, porque como ya te lo mencioné, y como lo has visto, nuestros organismos evolucionaron poco a poco, para transformarse y hacerse más fuertes, alcanzando tener mucha vida a través de los tiempos y con muchas capacidades que se mantienen durante varias etapas espaciales o "cincrones", que contados en el tiempo de la Tierra, se medirían en alrededor de los ochocientos años, aunque en otros planetas de nuestro sistema, los hay que han alcanzado mayores desarrollos, pudiendo llegar a tener una vida espacial, de más de mil años, pero que para ello, han tenido que modificarse pasando por muchos procesos, hasta alcanzar mayor inteligencia y mayor desarrollo…."

-"….ustedes como seres humanos, promueven internamente muchas inconformidades de sus procesos de vida buscando cambiar sus cuerpos y sus mentes para transformarse en un ser humano contrario a lo que la naturaleza les ha formado, siendo así que un espécimen humano hombre, busca transformarse en un espécimen humano mujer, y un espécimen humano mujer, busca transformarse en un espécimen humano hombre, lo cual desgasta los procesos científicos y genera una mayor destrucción que degrada la condición de la especie humana, bloqueando el proceso de obtención de inteligencia y acelerando aun más, la destrucción de tu especie en el planeta…."

-"….nuestra raza se desarrolló notablemente y no tuvimos tantos problemas como los tienen ustedes, porque la búsqueda del conocimiento y de la inteligencia, prevaleció sobre los procesos de destrucción que en mucho promueven las razas diferentes de los planetas discordantes que como ya te expliqué, se encuentran habitando en el planeta Tierra desde hace mucho tiempo, por lo que deben de estar al cuidado de las acciones de ellos…"

-"…en el transcurso de los tiempos y de nuestro desarrollo, fuimos perdiendo algunos de nuestros sistemas corporales que aunque no han sido tan tracendentales para nuestro bienestar, son de admiración en la raza humana y les diferencia de muchas otras especies…"

-"…uno de esos sistemas especiales que poseen los humanos, es la capacidad que han tenido para fabricar instrumentos, que les sirven para producir sonidos armónicos, que al conjuntarlos, producen sonidos muy bellos que alimentan el interior del cuerpo…"

-"…también han creado dentro de su forma de comunicación, un medio sonoro de lenguaje, que ha logrado una armonía en conjunto con los instrumentos de sonido, lo cual también es motivo de mucha admiración por nosotros…."

-"…nuestra forma de comunicación es muy diversa, pero predomina la forma biotransmisora, que está conformada por impulsos que se conectan a través de cada cuerpo y por medio de nuestro centro de pensamiento, que se desarrolló y predomina en nuestra raza, y por ello hemos perdido mucho la condición del habla, pero como ves, se mantiene para ser utilizada en cualquier momento, por eso tú y yo hemos podido tener una comunicación perfecta y en tu propia lengua…"

-"….el planeta Tierra posee muchas condiciones de

prosperidad para la vida, pero esa misma condición es la que ha sido aprovechada por las razas diferentes, quienes se han quedado en las partes de la tierra, en lugares que todavía son inaccesibles para los seres humanos, y para no ser encontrados, es en esos lugares en donde continúan desarrollándose en espera de una oportunidad para destruir a los oponentes, y quedarse con el planeta, estas razas no pertenecen a la confederación, son especies de las galaxias distantes en el "Cinturón Saron", y se trasladan por los canales sineticos de los espaciós vacios, este sistema es un poco complicado Karl, pero son algunos de los lugares dentro del universo en donde a la Confederación, le ha sido muy difícil tener control, así que es por allí por donde estas razas se trasladan…."

- "…de estas razas diferentes, los Jor, son la especie más peligrosa, y aunque nosotros los dominamos, siempre les tememos porque pueden hacerle mucho daño a tu planeta Tierra, y como ya lo sabes y lo has escuchado, sus naves espaciales se dejan mostrar en muchos lugares de tu planeta, buscando con ello crear temores entre ustedes, ya que en algunas oportunidades, ellos toman a algúnos seres humanos, para programarlos y para hacerlos seres de destrucción..."

-"....en la Confederación, también se lamenta la inteligencia que se ha podido entregar a algunos humanos, la cual ha sido usada para la creación de instrumentos de destrucción, lo que solamente los prepara para causarse la muerte entre ustedes mismos por el ansia de la dominación, es por ello que constantemente estamos llegando a tu planeta, para tenerlos bajo control, porque si esos instrumentos de destrucción, llegan a estar en poder de las especies diferentes, ellos no dudaran en usarlas en contra de ustedes mismos, con lo cual se exterminaría la vida humana y al planeta Tierra como tal, asi como nos ocurrió a nosotros en tiempos pasados, cuando poseíamos muy poco desarrollo...."

- "...Karl, el universo que conoces siempre ha existido, tus científicos han indicado que el planeta Tierra y lo que es el espacio exterior, nació de una gran explosión universal, pero no fue así, el universo siempre ha estado alli, lo que sucedió es que tu planeta como muchos del sistema dentro de tu galaxia, nacieron de fuerzas de unificación de materia y fueron poblados con seres vivos mucho tiempo después de que las galaxias lejanas como la nuestra, ya se encontraban desarrolladas, y existían…"

-"….todo el sistema donde se encuentra tu planeta Tierra, se encuentra navegando dentro de un espacio infinito, recorriendo caminos donde nunca más volverán a pasar por una segunda vez, pero en el viaje, también se encuentran expuestos a múltiples peligros, además de los que promueven internamente las razas diferentes…"

-"…los peligros del espacio universal siguen siendo de naturaleza propia de las leyes naturales y físicas que funcionan en ciertas partes del propio universo, y en determinado momento, pueden generar reacciones que influyen en sus entornos, tales como las expansiones desmesuradas de rayos cósmicos que en algún momento, tocan planetas y los destruyen causando dispersión de energías con los restos de materiales que son transformados en objetos errantes que pueden impactar en otro planeta para destruirlo, es por eso que la Confederación también se ha preocupado de protegerlos de esos peligros, haciéndolo desde distancias donde ustedes todavía no pueden detectarlo...."

-"....las situaciones del espacio exterior, los problemas de especies de diferentes mundos o los viajes en el universo, como los que hacemos seres de nuestra especie, son importantes dentro de un reducido grupo que se encuentra involucrado en esta función, y los grupos de seres restantes como en mi planeta, viven y se desarrollan de acuerdo a sus propias actividades, es por ello que la gran mayoría de mi población en Nibam, no se entera de situaciones como la que ahora estamos viviendo, en donde tú como ser humano te encuentras visitando nuestro planeta, al igual que los científicos de tu planeta, que se encuentran en procesos de investigación para proponer viajar al espacio, enviando aparatos exploradores antes que enviar a seres humanos...."

-"....debo decirte Karl, que falta mucho de tu tiempo para que en tu planeta puedan viajar a lugares distantes en el universo, es necesario que perfeccionen sus aparatos espaciales, pero es mucho más importante, que perfeccionen el cuerpo humano, ya que con las funcionalidades actuales, son muy débiles y se exponen a destruirse con mucha facilidad…"

-"…si en los tiempos en que ahora se desarrollan, deciden aventurarse a viajes espaciales distantes de la Tierra, es muy posible que fracasen, es por ello que como ya te lo he explicado, deben de crear condiciones para desarrollarse con inteligencia, y uniéndose para procurar relegar las disposiciones del sistema que utilizan para valorarse entre ustedes mismos…"

-"…las guerras y las dominaciones de unos a otros provocadas por las razas diferentes, deben de ser prevenidas por medio del conocimiento y el desarrollo, por que sin ello, y en el transcurso de los tiempos, no podrán lograr nada en el espacio exterior, y una invasión a gran escala de todos los seres ocultos en la tierra, sería inminente…"

-"…algo extremadamente importante y que deben de detener de manera inmediata, es la aniquilación que hacen de las especies de diversidad animal y de las áreas productoras de oxigeno, compuestas mayormente por la vegetación de todo tu planeta, estas acciones de destrucción que realiza el ser humano por el irracional y desmedido deseo de acumulación de su instrumento dinero, acabará con todos, aunque con ello, lleguen a ser el grupo humano más poderoso que domine totalmente a los demás humanos, sin darse cuenta que al mismo tiempo se están destruyendo a sí mismos..."

-"...ahora que los humanos están alcanzando niveles de mayor destrucción en relación al tiempo que tiene el planeta Tierra para poder regenerarse así mismo, el equilibrio natural, ya se ha descontrolado, y con ello se están afectando los estados magnéticos naturales que el planeta Tierra posee, esto ya causa efectos en la rotación y en la traslación de tu planeta, con lo que se están acercando a un proceso de detención de los movimientos orbitales que podrían llegar a causar un sobrecalentamiento en toda el planeta Tierra, que iniciará con afectar el centro de magma que se encuentra reposando en el centro del planeta, el cual tiene función de equilibrar los movimientos naturales que hace el planeta Tierra, al desplazarse en su viaje por el espacio, y si esto ocurre, de manera irreversible causaran tal desequilibrio en la rotación, que habrá un efecto de ebullición en el magma, que lo empezará a forzar a salir a la superficie, aumentando el sobrecalentamiento del ambiente, lo que causará, una destrucción por calor y fuego, para luego iniciar un proceso de frio y de congelamiento total, que extinguirá toda la vida existente en el planeta…"

-"…las razas diferentes, se encuentran al acecho de lo que va a suceder en la tierra, y es posible que sea alguno de ellos quien actúe con antelación a la destrucción del planeta, no solo para proteger a la raza humana, sino también a ellos mismos, pero posteriormente, estas razas diferentes serán las que dominen no solo el planeta Tierra, sino también, a los humanos que puedan sobrevivir y que al final, quedarán relegados a ser invadidos y dominados…"

-"…te preguntarás Karl, por qué sería una de las razas diferentes la que pueda salvar la tierra y no nosotros que somos de la zona de luz de la galaxia Nibam, pues eso sucede porque nosotros hemos pactado con las razas diferentes, para no realizar ataques de guerra, a cambio de que nosotros a través de los tiempos, proveeamos mejoras a los humanos para que puedan vivir con inteligencia y se desarrollen, pero si en ello nosotros fallamos, lo que venga después, estará a cargo de una de las razas diferentes…"

Jars detiene por un momento la comunicación que se encuentra trasladando a Karl, porque supone que podría ser demasiada, y temiendo causar muchos temores en él, detiene su explicación lanzando su mirada un poco a su alrededor, y luego decide invitar a Karl a conocer otra parte de su planeta diciéndole…

-"…ven Karl te llevaré a conocer nuestra producción de liquidos y alimentos"

CAPÍTULO 4

EL PASEO

Capítulo 4

Sin hacer ningún movimiento, Karl observa como del hermoso sillón en donde se encuentra sentado, empiezan a retirarse los extraños filamentos que envolvían su cuerpo y casi al mismo tiempo, lo levantan en vilo para ponerlo de pié para colocarlo al lado de Jars, quien ya se encuentra parado bajo un extraño marco de metal muy brillante.

Jars se adelanta unos pasos y Karl lo sigue con mucha inquietud, desvaneciéndose su cuerpo y apareciendo de manera inmediata en el medio de unos extensos y muy verdes campos del planeta de Jars.

Los campos parecen muy vivos debido a su intenso color verde que brilla con un reluciente y majestuoso tono que los hace lucir tan radiantes y limpios, mientras que Karl camina admirando toda la inmensidad del terreno que a la distancia parece no terminar nunca.

En un momento Jars se detiene para explicarle a Karl los sistemas de líquidos que irradian de todos los cultivos pero en ese instante, Karl movido por su curiosidad, baja la cabeza para ver el tipo de terreno en el que se encuentra caminando, y es así como logra percibir que el lugar es totalmente limpio, donde resalta una pequeña gramilla de un color verde intenso, muy suave y que extrañamente, no posee material terrario como lo es normalmente en los campos de cultivos de la Tierra, todo parece ser como una alfombra lisa y plana que reluce en todo su esplendor.

Al momento de estar admirando el terreno en donde se encuentra caminando, Karl se percata que de la orilla de sus botas, salen unos brillos de colores de diferentes tonos, lo que inmediatamente le causa cierto temor.

Jars, observa la inquietud de Karl y se apresura a explicarle…

-"No debes temer Karl, el brillo en tu calzado se debe a que las condiciones del suelo reconocen que ellos no pertenecen a los nuestros, y por ello, esos colores que observas, se iluminan porque tu calzado se está descontaminando constantemente"-

Ante la explicación de Jars, Karl continúa con más tranquilidad, atendiendo los movimientos de Jars, quien seguidamente extiende su mano para indicarle a Karl un lugar de donde emergen unas grandes piedras azules que lucen como cristales de diamante y del cual brota un líquido transparente muy semejante al agua, con la diferencia que al caer de la fuente productora, se convierte en cubos cristalinos que se movilizan flotando sobre una plataforma casi invisible y luego hacia un sistema de embalaje en donde son resguardados en unos recipientes transparentes de forma gelatinosa, para luego pasar a una especie de bodega para su almacenamiento.

Jars continúa explicandole a Karl...

-"...esta es una de nuestras fuentes de producción de "belam", es nuestro liquido de vida, muy similar al agua de la Tierra...tú ya lo tomaste, recuerdas?..."

Karl asiente con la cabeza, y le responde...

-"...sí Jars, fue muy especial sentir que mi mente abría muchos recuerdos guardados en mi cerebro"-

Jars atiende la explicación de Karl y le dice...

-"...sí Karl, este compuesto líquido es parte de nuestro

constante desarrollo de inteligencia, fue elaborado ya hace mucho tiempo y lo tomamos desde que nacemos a la vida, hasta que decidimos salir de ella; este compuesto contiene los elementos necesarios para impactar en nuestros sistemas cerebrales para nutrirlos y para mantener la capacidad de comunicación entre nosotros, es por ello que cuando lo tomaste, experimentaste esos cambios en tu sistema cerebral, pero no debes de preocuparte..."-

Jars continúa caminado y luego le dice a Karl...

-"...ahora veremos la producción de "derals", que es nuestro alimento..."-

Al terminar de hablar Jars, aparece nuevamente ante ellos el extraño marco brillante que emite una luz intensa, y que a pesar de su luminosidad, tampoco molesta la visión de Karl.

Jars atraviesa el marco de luz, mientras que Karl da unos pasos para acercarse y empezar a atravesarlo, pero esta vez pone mejor atención para verlo con detalle, y al estar a punto de atravesarlo, Karl observa que el marco no es sólido, sino de materia transparente, como una especie de energía que flota y que emana luz.

Al traspasar el marco de luz, Karl aparece Inmediatamente al lado de Jars en la orilla de un risco desde donde se puede apreciar unas áreas boscosas de inmensos árboles con distintos tonos de color verde, y además, unas frondosas ramas de donde cuelgan unos cuadros brillantes que penden a manera de fruto, la escena que Karl percibe ahora, recuerda haberla visto desde lo alto del cielo cuando la nave ya volaba dentro del planeta de Jars, y recordó también que le causó una fuerte impresión la altura extrema de esos árboles, que a la distancia dejaban ver su inmenso tamaño, que comprueba ahora que los puede observar de cerca, y al ir caminando entre ellos.

Jars y Karl, comienzan a acercarse a una zona descampada en donde ya se pueden observar unos edificios muy grandes compuestos de una estructura mayormente compuesta de vidrios transparentes, que dejan traslucir una moderna edificación que funciona a manera de centro de operaciones de los derals, y es allí donde por primera vez, Karl distingue las siluetas de otros seres que se encuentran manipulando una serie de instrumentos electrónicos y realizando actividades adentro de la estructura.

Al estar casi al pié de un grupo de los grandes árboles, Jars se detiene y comienza a explicarle a Karl lo que ven:

-"Karl, este es uno de los centros de recolección de "derals" que se constituyen como la principal fuente de alimento para los habitantes de Nibam, se genera y se produce en estos "legons", que son el equivalente a los árboles de tu planeta…"-

Jars dirije su mirada hacia esos grandes legons que se levantan ante los dos y le dice a Karl…

-"…ves esos pequeños cuadros brillantes que penden de las extensiones de los legons?, esos son los derals que vienen con sus nutrientes muy concentrados…"-

-"…mira hacia allá Karl…"- le dice Jars señalándole con su mano hacia una dirección en donde se observa una especie de máquina recolectora, que flota sin emitir ningún sonido y haciendo movimientos de arriba hacia abajo, a lo largo de los grandes legons, sustrayendo los "derals" de sus frondosas ramas, pero sin tocarlas, más parecería que éstos son atraídos por una especie de imán o de alguna energía invisible, para ingresarlos de manera muy ordenada dentro de unas aberturas que se ubican a los lados de la máquina.

Karl, no pierde detalle de toda la escena que se le presenta en esos momentos, pero presta especial atención en querer observar nuevamente a los seres que pudo identificar dentro del gran edificio que se encuentra muy cercano a la posición de donde ellos están en esos momentos.

Jars, comprende la inquietud que tiene Karl por querer observar y conocer a otros seres del planeta Nibam, por lo que le dice…

-"Karl, en este lugar hay muchos habitantes de mi planeta realizando las actividades de maduración, cuidado y preservación de los derals, y en ese lugar que tu ves, no podemos ingresar debido a que allí los "Arons" hacen la labor de cuidado de los derals…

-"…los Arons, son parte de nuestra raza, pero son los únicos que pueden estar dentro de esa actividad, porque son a quienes se les ha designado esa labor, y por lo tanto, nadie más puede intervenir o ingresar..."-

Comprendiendo la explicación de Jars, Karl vuelve su rostro hacia los ventanales de uno de los edificios, como queriendo dar un último vistazo a las siluetas de aquellos seres que se encuentran adentro, para comprobar que parecen ser tan altos como lo es Jars.

Jars también se vuelve hacia Karl y le dice…

-"ahora veremos la ciudad Karl, y lo haremos dentro de un "Shen"…

y continúa explicando… "el Shen, es un medio de transporte que se utiliza cuando hay situaciones de salud de algún habitante que no puede ser transportado de forma cinética, tal y como lo hemos hecho hasta ahora, y en estos transportes, también se incluyen a las esposas que van a traer hijos a la familia, porque así son preservadas de mejor forma sin alterar sus sistemas"-

Karl ve a Jars y le responde sin hacer mayores cuestionamientos…

-"…está bien Jars"-

En ese momento, vuelve a aparecer el marco brillante que han estado utilizando para movilizarse de lugar en lugar, y nuevamente Jars ingresa en él, y momentos después, Karl.

Inmediatamente, Karl aparece detrás de Jars en un lugar en donde se encuentra una nave pequeña, también de un metal plateado muy fino y con una gran cúpula en la parte superior, la forma de este aparato parece como de una gota, alargada pero en posición horizontal, y cuando Jars se aproxima al aparato, inmediatamente se abre una compuerta de una parte del metal que compone la nave, es el mismo sistema que Karl observó cuando ingresó en la nave de Jars al partir de la Tierra, por lo que ya no parece asombrarse de ello.

Jars y Karl ingresan a la pequeña nave, posicionándose en los sillones también muy similares a los de la nave de Jars, y en el interior, encuentra el mismo sistema de colocación y con las mismas extrañas formas de filamentos que sobresalen de los sillones que nuevamente los envuelven para acomodarlos, sin embargo y hasta este momento, Karl no se había percatado que esta situación de los filamentos en su sillón, ya no aparecen en el sillón de Jars, sin embargo logra recordar que Jars le había comentado que esto sucedía para que él pudiera obtener el oxigeno necesario para respirar, por lo que ya no presta mayor atención.

Jars con movimientos suaves, inicia el encendido del aparato e inmediatamente se pone en movimiento.

Jars se vuelve hacia Karl y le dice…

-"te mostraré la ciudad Karl, nosotros seremos imperceptibles para la población, porque estaremos en movimiento especial de transportación, eso sucede como te expliqué, por situaciones especiales"-

Ya en movimiento y en un momento, la nave abre su metal sólido como también lo hizo la nave Jars, y ahora se puede observar todo el exterior de manera clara y precisa.

Jars comienza a explicarle a Karl el panorama de toda la ciudad que se presenta ante sus ojos, diciéndole…

-"Karl, nuestra ciudad podría no ser tan diferente a las ciudades de la tierra, sin embargo y como ya puedes observar, nuestras áreas de vivienda están ubicadas en las torres que observas desde aquí, donde cada área es parte de una extensión aérea de la torre, la cual tiene sus propias zonas de vegetación y de descanso…"

-"…esto sucede así porque nuestro planeta no tiene la fuerza de gravedad que tiene la Tierra, por lo que podemos tener más voluntad de movimiento corporal, el que se facilita porque ya casi no usamos los movimientos físicos, sino los movimientos cinéticos por medio de la "capran"…

"-…la capran Karl, es el marco iluminado que hemos estado utilizando para nuestra transportación hacia los lugares que hemos visitado…"-

Karl, no deja de observar con detenimiento todo el ambiente exterior por donde se encuentran transitando y donde el mayor espectáculo son las grandes torres que impactan por su gran tamaño, por lo que Karl no deja de pensar que nada en la Tierra, podría equipararse a la inmensidad y a la belleza de las torres del planeta de Jars.

Finalmente y durante el recorrido, Karl logra divisar a grupos de seres que se mueven por las calles y en las bases de las torres y le pregunta a Jars…

-"…Jars, por qué no se observa mucha población en las calles?..."-

Y Jars le contesta…

-"como ya te expliqué todos nos movilizamos en forma cinética, sin embargo algunos lo hacen de forma física, y eso a pesar de no ser muy común en mi población, no tiene ninguna restricción…"

Karl asombrado, no deja de hacer preguntas a Jars y las que vienen inmediatamente a su mente son de curiosidad por la vida social de los habitantes del planeta de Jars, por lo que le pregunta…

-"Jars, y cómo es la vida social de tu población?...hacen reuniones en lugares para comer o para conversar, tal y como lo hacemos en la Tierra?... ¿hay tiendas para adquirir cosas para los hogares?..."-

Jars observa a Karl y le dice…

-"…no Karl, la vida que tu vives en la tierra es muy diferente en Nibam, todo lo que tenemos, lo hacemos en nuestras viviendas, nos alimentamos y nos vestimos todo en las viviendas, porque hay muchos sistemas que nos proporcionan todo lo necesario, pero para que tú conozcas toda nuestra forma de vida, tendrías que estar aquí por más tiempo"-

Karl se silencia por unos segundos, y comprendiendo que es imposible tratar de conocer a toda una civilización de un mundo diferente en tan poco tiempo que lleva en él, por lo que vuelve su vista nuevamente hacia el exterior de la nave, la que en esos momentos, ya se está posicionando de vuelta en el lugar de donde habían salido apenas unos minutos antes.

Jars agrega un comentario final a Karl, relacionado al viaje que acaba de concluir diciéndole…

-"…Karl, el área que visitamos es la zona de vivienda de nuestra población, pero también tenemos un área científica en donde se trabaja para el constante desarrollo de nuestra raza, y una de defensa del planeta, que está en constante comunicación con la Confederación de planetas del sistema Nibam…"-

-"…en esos lugares no podemos ingresar Karl, pero es un área similar a ésta…"-

y Jars, agrega…

-"…ahora veras a mi familia"-

En un instante más, aparece el marco iluminado el cual ya Jars le ha indicado a Karl que se llama capran, y nuevamente se lleva a cabo el proceso de ingresar en él, primero Jars y seguidamente Karl.

Ambos aparecen de vuelta en la vivienda de Jars, y otra vez Jars le indica a Karl que se acomode en uno de los sillones que se encuentran en el lugar.

Ya ubicados ambos y con la comodidad de los sillones, de manera sorpresiva empiezan a aparecer en el lugar, las siluetas de tres personas, en el centro aparece una mujer de proporción muy alta, quien siguiendo las cualidades de las mujeres de la Tierra, ésta parece tener una estatura menor a la de Jars, sin embargo, Karl calcula que ella deberá tener entre dos, a los dos metros diez centímetros de altura, una altura menor a la Jars, pero que también sobrepasa a la de él, quien la observa impactado por su extenso cabello de color dorado el cual le cae sobre los hombros como si fueran torrentes de agua y se amoldan al contorno de su cuerpo, sus ojos celestes y su tez blanca con una forma como el de las princesas que se crean para realizar las películas infantiles; su vestimenta está compuesta de una túnica color crema, que se ajusta en la cintura con un cinturón de color azul, y en los piés, una especie de sandalias brillantes.

Los hijos son una mujer y un hombre y ambos visten de la misma manera a la de los padres, el hijo como la vestimenta de Jars, y la hija como la vestimenta de la esposa, el rostro del hombre es una figura casi exacta a la del padre y el rostro de la hija es igualmente parecido al de la madre, ambos tan altos que su estatura podría oscilar, en los dos metros.

Karl observa a la esposa de Jars, e inmediatamente de un impulso, empieza a levantarse de su sillón en un acto de respeto por estar frente a la familia de Jars, y esta vez no tiene ningún problema con hacerlo, quedando de pie a la espera de lo que pueda suceder.

La esposa de Jars le habla a Karl con una voz muy clara y dulce, diciéndole…

-"…seas benvenido a Nibam y a nuestra vivienda Karl…"

-"…mi nombre es Laila y ellos son nuestros hijos…"-

Mientras Karl continua absorto escuchando a Laila, ella continúa hablándole haciendo unos ademanes suaves con sus brazos, indicándole y señalando a cada uno de los hijos para presentarlos, para luego decir los nombres de cada uno de ellos…

-"…ella es Darina nuestra hija, y él es Iar nuestro hijo, deseamos que hayas tenido mucha felicidad en nuestro planeta, y asi también deseamos que puedas colaborar para que la Tierra persista en el bien de tu raza, y también para el bien de la galaxia"-

Inmediatamente al finaliza de hablar Laila; la hija Darina, levanta su mano derecha y le dice a Karl…

-"…saludos Karl, deseo que seas feliz…"-

Despues, Iar levanta también su mano derecha y le dice a Karl…

-"…saludos Karl, deseo que siempre nos recuerdes…"-

Luego de las palabras de Iar, aquellas figuras de la familia de Jars, comienzan a desvanecerse hasta desaparecer con una sonrisa en sus labios, dejando en el ambiente un silencio de paz y de tranquilidad.

Karl no pudo emitir voz alguna ante la familia de Jars y para estos instantes, siente una fuerte opresión en su pecho, causado por la emoción y la impresión de las palabras que acaba de escuchar, sintiendo para sí mismo una especie de enojo por no tener alguna cámara o tan solo su teléfono celular para guardar gráfica y auditivamente tan bellos momentos, y así guardar todas esas grandiosas experiencias.

Jars le habla a Karl y lo invita a que se acomode nuevamente en el sillón, y Karl cae casi a manera de desmayo, por la impresión que le ha generado el conocer a la familia de Jars.

Jars observa por un momento a Karl y le dice...

-"...Karl, en nuestro planeta Nibam, todas las familias tenemos nuestra descendencia en hijos que siempre son una mujer y un hombre, no más de eso..."

En ese momento, Jars se encamina unos pasos y de un pequeño mueble dorado extrae un estuche blanco, para luego dirigirse hacia donde se encuentra Karl, lo extiende en su mano, para mostrarlo al instante que dice...

-"...ahora Karl, quiero darte un recuerdo de tu visita a nuestro planeta Nibam, y más que un recuerdo, será una sintonía de nuestra amistad, además que por si en algún momento deseas volver a nuestro planeta para quedarte en él, solo deberás de abrir este protector y presionar el elector azul..."-

Karl se queda observando el objeto que Jars tiene en su mano, el cual es como un medallón de forma ovalada con toda su orilla dorada, y en su alrededor un cristal que al oprimirlo, se abre dejando al descubierto, la luz de color azul que le menciona Jars.

Una fuerte emoción recorre todo el cuerpo de Karl, al ver el objeto que Jars le está entregando, el cual no solo es un objeto para recuerdo de tan extraordinaria aventura, sino también es un objeto en donde Jars le ha manifestado su amistad, y un medio para tener la oportunidad de regresar nuevamente a Nibam, si en algún momento él lo quisiera hacer, así que luego de observar el recuerdo que Jars le entrega, lo toma entre sus manos y luego lo deposita delicadamente en una de las pequeñas bolsas de su cinturón.

Karl alza su mirada para agradecerle a Jars el recuerdo que le está entregando, y con voz suave le dice…

-"Jars, no puedo expresar todas las emociones que he vivido en éste tiempo, yo sé que eres un ser extraordinario y no estoy preparado para devolverte un recuerdo que sea meritorio de ello pero…"

Karl vuelve su rostro hacia su cinturón de escalador, que ha estado todo el tiempo con él y extrae su preciado cuchillo de cazador con su funda para tomarlo en sus manos y luego extender sus brazos para entregárselo a Jars diciéndole…

-"Jars, perdona que te entregue esto, quizás sea un instrumento de destrucción para ti, pero consérvalo también como un recuerdo de mi visita a tu planeta"-

Jars toma con sus manos el cuchillo de cazador que le entrega Karl y con una sonrisa en sus labios lo deposita en el pequeño mueble de donde había extraido el recuerdo que le dio a Karl, y luego vuelve para acomodarse en el sillón y le dice…

-"…Karl, es momento de que regreses a la Tierra, pero esta vez no iré contigo, la forma de tu regreso será por medio del sistema capran y como ya lo has experimentado, no tienes por que temer, recuerda lo que hemos hablado y piensa en lo importante que es…"-

-"…si volvemos a tener una oportunidad, te buscaré para seguir conversando, pero mientras tanto, trata de vivir bien…"-

Karl sintió un estremecimiento y un extraño sentimiento de nostalgia, al escuchar las palabras de Jars, pensando por momentos, si es real todo lo que se encuentra viviendo hasta esos momentos.

En esos estados de recomposición mental que se tienen en situaciones especiales, Karl ve cuando en el centro del área donde se encuentran, aparece nuevamente el marco de luz, el transporte capran, como le ha indicado Jars.

Y así Karl empieza a mirar a todo su alrededor como queriendo guardar en lo más profundo de su memoria todos los detalles de aquel hermoso lugar, así como los momentos que recorrió en el planeta de Jars, y recordarlos en cada segundo, porque piensa que una experiencia así, quizá nunca más vuelva a repetirla.

Las miradas de Jars y Karl, se encuentran y sin decir más palabras, ambos extienden sus manos para despedirse, mientras que el resplandor del capran, brilla e ilumina el lugar.

Karl se encamina hacia el marco del capran, y vuelve por última vez su mirada hacia Jars para decirle...

-"...adiós Jars, gracias por tan increíble experiencia...

CAPÍTULO 5

EL REGRESO

CAPÍTULO 5

Jars levanta su mano en son de despedida, mientras que Karl se apresta a ingresar decidido en el marco de luz que ya lo espera para trasladarlo de vuelta al planeta Tierra, en un viaje totalmente desconocido y extraño para él, sin embargo, dando un último paso, traspasa el umbral de luz para desvanecer su cuerpo inmediatamente dentro de el.

Un fuerte brillo de luz aparece en la montaña, exactamente en el lugar en donde anteriormente se encontraba estacionada la nave espacial de Jars, en donde con un abrir y cerrar de ojos, ya emerge Karl de la capran un tanto aturdido y sorprendido, retomando sus pasos para pisar el suelo arenoso del lugar.

De manera instintiva, Karl vuelve su mirada hacia el marco de luz que lo transportó de vuelta a la montaña y apenas de eso, logra ver como éste ya se está transformando envuelto en un destello de luz, para desaparecer en fracciones de segundo.

Karl impávido no se mueve del lugar, aunque la

claridad de la madrugada ya se hace manifiesta, dejando mostrar la belleza del entorno de la montaña, mientras que Karl con su mirada un tanto perdida, vuelve hacia su reloj de pulsera con la inquietud de querer saber el día y la hora en que se encuentra en esos momentos, sin embargo y con asombro, ve que su reloj marca el mismo día y tan solo dos horas adelante de la hora en que partio en la nave Jars.

Karl recorre muy despacio el lugar que lo rodea como queriendo verificar que se encuentra en la montaña de donde salio con Jars, y así, poco a poco comienza a reconocer lo que ahora le es familiar, un terreno enegrecido por la arena del volcán, que por momentos es adornado por el timido canto de las aves, que en la lejanía ya anuncian la llegada de un nuevo día en la montaña, en tanto que el viento fresco y natural, acaricia el rostro de Karl, como queriendo hacerlo reaccionar de la impresión de su reciente experiencia.

Finalmente, Karl alza su mirada hacia el cielo como buscando con sus ojos, alguna referencia física de lo que acaba de vivir, respira profundo y luego comienza a buscar el camino hacia su refugio, iniciando la marcha con pasos acelerados para luego empezar a correr de manera desesperada como para llegar lo más pronto posible a su carpa.

En pocos minutos y con el fuerte chasquido de sus botas pisando el terreno arenoso, Karl se detiene al ver a la distancia, el lugar en donde se encuentra ubicado su refugio, mueve su cabeza hacia los lados para dar una última mirada en los alrededores para antes de acercarse, y confirmar que no haya alguna otra persona en las cercanías, luego comienza a correr los últimos metros que lo separan, para quedar al frente de su carpa.

Con cierta desconfianza, Karl corre el grueso ziper que abre las puertas de la carpa, las sostiene de un tirón en sus manos y se queda inclinado por unos segundos para ver que allí se encuentra todo su equipo, su mochila y la ropa que dejó cuando se marchó en horas de la madrugada para búscar a otros montañistas, quizás en su mente se atravesó la idea de que allí no encontraria nada, que todo lo hubieran robado, sin embargo todo está allí, tal y como él lo dejo.

Todavía sorprendido por encontrarse en su carpa y con

los recuerdos tan frescos de la gran aventura que acaba de experimentar, Karl comienza a empacar sus cosas de manera precipitada para acomodarlas en la mochila, y luego comenzar a desinstalar la carpa, ya que su deseo inmediato, es salir del lugar lo más pronto posible, por que en su interior, todavía no logra saber si es por temor, o para ir a festejar la alegría de semejante evento en su vida.

El arreglar de todo el equipo y desarmar su carpa, le llevó a Karl aproximadamente cuarenta y cinco minutos, haciéndolo todo de manera rápida y hasta desesperada, porque ahora, solo piensa en estar en la seguridad de su vivienda, para poder recordar con tranquilidad, cada momento de tan maravilloso e increíble viaje y que nunca esperó realizar.

El descenso de la montaña la hizo Karl mucho más rápido de lo usual, y la llegada al estacionamiento en donde dejó parqueado su vehiculo, también fue apresurado ya que tambien piensa en el tiempo y la distancia que tendrá que conducir de regreso hacia la ciudad, y luego hacia su vivienda, temiendo por momentos perturbarse o perder el control coerente y mental al realizar el manejo de su vehiculo, por lo que decide conducir de manera tranquila y muy despacio por la carretera, retardando su llegada a la ciudad y luego a su vivienda, por más de una hora.

Finalmente Karl arriba a su vivienda y presuroso, ingresa en ella dejando su mochila y su equipo con total desatención dentro de su vehículo, lo único que desea ahora es darse una ducha tibia para relajarse y luego cambiarse de ropa.

Una vez en la ducha, y por la relajación que le brinda el ambiente seguro de su hogar, así como el agua tibia que recibe en su cuerpo, Karl explota dejando salir la tensión que estuvo acumulando durante toda su vivencia del viaje espacial y luego en el planeta de Jars, y así, las lagrimas vuelven a asomarse a sus ojos y llora desconsoladamente, inclinándose hasta caer incado dentro de la bañera, como queriendo recomponer la lógica de su pensamiento para no perturbarse por la contradicción de echar por tierra muchas de sus creencias de vida, aunque su carácter, siempre ha sido el de un hombre de mucha fuerza y con mucho temple, pero que ahora es puesto a prueba con la experiencia que ha tenido, causando que su coordinación psíquica y su lógica humana, se derrumbe ante todo lo que le parece inexplicable e increíble, una situación que quizás podría ser para trastornarse o para volverse loco.

Luego de varios minutos que Karl dejó correr el agua sobre su cuerpo inerte, sale de la bañera y se tranquiliza al acomodarse con ropa limpia y fresca, para luego dirigirse hacia la sala de su vivienda, y sentarse para descansar, recordar y analizar los mejores momentos de su experiencia.

En la tranquilidad de su vivienda, Karl empieza a tratar de hilar la forma en que inició toda su vivencia en la montaña, y sin embargo, un sentimiento de tristeza le invade al comprobar que no tuvo ningún medio electrónico que hubiera podido servirle para grabar o fotografiar tantas imágenes bellas que apreció durante su viaje por el espacio, sin embargo y como un destello, viene a su memoria el momento en que Jars le entregó un medallón para que lo conservara como recuerdo de amistad, por lo que presuroso corre hacia el baño, en donde ha dejado tirada la ropa que uso durante el viaje, como también el cinturón de escalador en el que recuerda haber depositado el medallón que le dio Jars.

Buscando apresurado dentro de las bolsas del cinturón de escalador, Karl logra tocar y extraer con cuidado el medallón que Jars le entregó, lo pone sobre su mano, y lo observa durante unos segundos, como queriendo confirmar, la realidad de su aventura, porque hasta ese mismo momento, su yo interno todavía continúa negandole su extraordinaria experiencia.

Karl recordó que en el mismo instante de recibir el medallón de las manos de Jars, él también le entregó como recuerdo su preciado cuchillo de cazador, por lo que también lo busca en el cinturón hasta que encuentra el espacio vacio que ocupaba el cuchillo, confirmando así, que se lo dejó a Jars.

Tomando con delicadeza el medallón, Karl regresa a la sala y vuelve a ubicarse en su sillón, levanta con delicadeza el medallón entre sus manos y abre con cuidado el pequeño recipiente que proteje su interior, y asumiendo una actitud atrevida, presiona el cristal que abre el sistema donde Jars le explicó que hay un contacto de luz, el cual debería presionar, por si en algún momento él quisiera regresar al planeta Nibam.

El medallón al estar abierto, parece tener un sistema electrónico sofisticado, porque su interior brilla emitiendo destellos de luz azul en la parte donde Jars le dijo a Karl que presionara si su deseo era el de regresar a Nibam, por lo que Karl se pone nervioso de tener el medallón en sus manos, por lo que decide cerrar el cristal por temor de accionarlo accidentalmente, y nuevamente lo deposita en su estuche y ahora comienza a pensar en algún lugar de su vivienda en donde resulte segura la protección y resguardo hasta que lo pueda necesitar, y tome la decisión de regresar a visitar a Jars.

Antes de depositar el medallón en su estuche, Karl encuentra adentro de éste, una pequeña tarjeta que anteriormente no había visto, y decide sacarla para ver de qué se trata, ya al tenerla en sus manos, observa que tiene una inscripción en letras doradas, por lo que la acerca a su rostro para leerla, y sorprendido se agita porque en ella dice:

Karl
No te olvides de ayudar
al planeta Tierra
pero si algun día
decides regresar
a Nibam
hazlo
porque tú eres uno de los nuestros.

FIN

1a. parte

Made in the USA
Columbia, SC
16 June 2024